LES TÊTES INSOLENTES

DU MÊME AUTEUR

Le Retour de Gustav Flötberg, Gallimard, 2018
Un jeune garçon, Stock, 2010
Côté Nord, Calmann-Lévy, 2004
La Maison de l'Américain, Plon, 2000
Le Paradis pour tous, Stock, 1998
La Vie de préférence, Flammarion, 1997, prix François-Mauriac de l'Académie française
Pense à Tolstoï, Flammarion, 1996

Catherine Vigourt

LES TÊTES INSOLENTES

Les Presses de la Cité

Ce livre est une œuvre de fiction. Les noms, les personnages, les lieux et les événements sont le fruit de l'imagination de l'auteur ou sont utilisés fictivement. Toute ressemblance avec des personnes réelles, vivantes ou mortes, serait pure coïncidence.

Les Presses de la Cité, un département Place des Éditeurs
92, avenue de France – 75013 Paris

ISBN 978-2-258-20764-6
Dépôt légal : février 2024

Il a fallu du temps avant que Chloé me dise son prénom. Je l'appelais Miss Bottines, parce qu'elle en portait souvent des rouges à chaque saison que nous avons vécue cette année-là. Je la croisais au Pays des Vieux qu'elle traversait avec ses 30 ans joyeux, lucides, et ses bottines rouges. Chloé venait voir « sa chère ancêtre » et nous aimions tous voir Chloé.

Entre deux portes, dans l'ascenseur, devant la machine à café, Miss Bottines m'a confié par bribes ce qui était comme un récit de voyage. Un récit qui peut nous éclairer tous : sur le continent de l'âge il n'y a pas d'étrangers.

Un jour elle m'a dit : « Au fond, tu es mon journal de bord : ce serait bien que tu l'écrives. »

J'aime les coquelicots, leurs têtes insolentes au-dessus des désherbants : chacun son truc pour se donner du courage. Ô dieu des fleurs sauvages, il m'en faudrait un champ entier aujourd'hui.

Le docteur S. tient la vie de ma vieille entre ses mains. Ma chère vieille accidentée du cerveau. Autant dire que le docteur S. prend ainsi la main sur ma jeune existence. C'est une belle femme que n'atteint pas l'âge extrême de ses patients. Son sourire est doux : il suffit de le lui voler parfois.

Je craignais qu'elle se contente de menus encouragements, comme si sous les termes « soins de suite » et « rééducation » il pouvait y avoir une consolation, mais cette fois elle me fait asseoir et plonge ses yeux dans les miens. Dans l'instant je sais que c'en est fini des quatre chemins. La ligne droite est devant nous.

— À 90 ans, Mme B. ne peut pas tout récupérer, il faut l'accepter. Je comprends que vous ayez du mal parce que c'est elle qui vous a élevée, mais vous l'aiderez davantage en voyant les choses en face.

Je hoche une tête qui ne semble plus m'appartenir. « Tout de même », voilà ce qui me vient. Tout de même, une personne âgée mais en pleine forme, autonome, entourée, sans antécédent médical, on doit pouvoir tenter quelque chose ? Surtout dans une maison réputée comme les Œillets.

Le docteur S. me fixe un temps avant de manœuvrer le store qui donne sur le jardin. Une dizaine de vieilles dames bavardent dans l'air du soir, sous le frémissement doré des acacias.

— En 1950 elles étaient mortes. Espérance de vie : 69 ans… 84 aujourd'hui. Sept fois plus d'octogénaires en un demi-siècle. Malgré toute la bonne volonté du monde, nous sommes débordés.

Comment je vais faire face, moi ? J'ai 34 ans, une petite fille que j'élève seule, je ne gagne pas des mille et des cents. On ne prend pas de gants avec moi parce que Mme B. n'est pas ma mère, mais la mère de ma mère, et que rien sur sa carte Vitale ne mentionne qu'elle m'a élevée. On ne prend pas de gants parce qu'avec mon sac à dos et mes cheveux en pétard, j'ai gardé des airs de lycéenne. C'est à vous, docteur, de nous tirer de là, vous, la science et le progrès. Le docteur S. me sourit, ses mains magnifiques frôlent ses poches d'où jaillit la tête serpentine d'un stéthoscope qu'elle ne sort jamais :

— Patience, elle vient d'entrer chez nous et déjà la déglutition s'améliore.

Les coquelicots nous illuminent pour disparaître avant de faner, ils fuient les bouquets et se plaisent au bord des routes. Les coquelicots sont mes maîtres.

Les voisins, pour un peu je leur ferais envie. Ils me disent que Majo aurait pu y rester, un coup de chance qu'elle ait une assez bonne retraite pour « s'offrir » un établissement aussi demandé – « et médicalisé ! » ajoutent les connaisseurs. « Vous êtes jeune, vous serez comme toujours son rayon de soleil. » Tu parles.

J'ai presque tout oublié des jours à l'hôpital avant le transfert. Ils ont été avalés par la tyrannie des solutions introuvables. Celle des dossiers qu'il faut monter avec des pièces qu'on n'a pas pour des lieux qu'on ne connaît pas. À peine si je me rappelle la chambre et l'odeur tiède des couloirs. Seule persiste cette sensation d'échouer à marée basse sur un rivage où la mer ne reviendra pas. Je revois Majo dans son fauteuil roulant. Le chef de service que j'essaie de coincer. La gentillesse évasive des infirmières. L'hôpital, zone floue où résonnent les tubulures et les pas des filles de salle – avant qu'enfin s'ouvre la porte glorieuse des Œillets.

Le jour de l'accident, en revanche, le jour de la chute, j'en ai retenu tous les détails.

Ce matin-là, pas moyen de joindre Majo au téléphone. J'appelle et je rappelle. Je tente de me rassurer. Elle se lève tard parfois, elle écoute la radio dans la nuit, shootée aux rediffs de France Culture. À moins qu'elle ne soit descendue prendre son café au Saint-Maur.

— On y va, me dit Théo, je viens avec toi.

Théo, mon colocataire, Théo qui n'est pas seulement mon colocataire. Il n'y a pas deux Théo au monde.

Nous la trouvons au bas de son lit. Ni étonnée ni soulagée de nous voir. Calme. Mal nulle part. Incapable de dire comment elle est tombée, ou de se relever. Théo la recouche en réajustant la chemise de nuit emportée par la glissade. Je m'assois près d'elle, sa main dans la mienne. Le coin du tapis est retourné : elle aura trébuché. Depuis le temps que je devais changer le Scotch double face. Majo veut bien que ce soit la faute du tapis. Pour faire un saut à l'hôpital, d'accord aussi.

— Mais un café avant, s'il te plaît.

Je file à la cuisine, la laissant rose et fraîche contre son oreiller brodé. Rien de cassé, un coup de bol.

Au neurologue des urgences, j'ai répété :

— Vous êtes sûr ?

Accident vasculaire cérébral.

— La nuit entière dans cet état, à cet âge…

Il a soupiré. Un garagiste refermant le capot d'une bagnole foutue.

— Docteur, elle parle, elle a toute sa tête !

— C'est une question d'hémisphère.

Accident vasculaire cérébral.

Je ne le savais pas encore, ce matin-là, pendant que l'eau chauffait et que Théo ouvrait les volets sur la lumière d'août. Majo poursuivait son explosion. Le ciment silencieux coulait dans ses jambes sous la douceur de la couette.

Le bras gauche s'enlisait et le pied tordu que je croyais ranimer d'un bon massage quittait à jamais ce monde.

Dans le box, Majo a attendu mon retour avec Théo. Elle n'a pas demandé ce qu'elle avait. Ni ce qu'on allait faire.

Chacun manque de perdre sa grand-mère un jour ou l'autre et y parvient en général. La plupart des gens ont le rempart de leurs propres parents pour vivre cette épreuve. Ce n'est pas mon cas. Côté absence, je cumule.

Mon père mis en fuite non à ma naissance, mais par ma naissance. Ma mère morte dans un accident de vélo quand j'avais 7 ans. J'ai grandi dans les bras de Majo, dans ses mots, ses rires. Elle a organisé sa vie pour résister à la mort de sa fille et, ensuite, à celle de son mari, ce grand-père que j'ai peu connu. Ni plainte ni exigence. Un penchant certain pour la joie, même les mauvais jours. Affairée du matin au soir, passionnée par l'existence. « Le temps n'a pas le temps de s'occuper de moi. » Je l'ai crue. Sa vieillesse m'a prise de court.

Majo n'est pas du genre Mère-grand à qui on porte la galette et le pot de beurre. Elle écoute du rock et du Janáček, jure comme un charretier, est incollable sur Homère et l'astrophysique. Elle déteste son prénom et tout le monde l'appelle Majo, même moi : « Pas de Mamie entre nous. »

Quand j'étais petite les gens me cherchaient une mère et marquaient un temps avant d'enchaîner. Quand tout a été fini avec le père de Lucie, j'ai senti à mon tour ce genre de silences, la honte d'infliger à ma fille la même enfance sans père, comme si tout était ma faute.

Le docteur S. est revenue me parler :

— Votre âge est un atout, Chloé. Il n'y a pas d'identification, vous comprenez ? Nos résidents sont âgés, mais leurs enfants aussi : on compose avec leur peur. Les filles se voient avec la tête de leur mère, l'effet miroir. Moins il y a de peur, plus on gagne du temps.

J'ai repensé à ces mots le soir en donnant le bain à ma fille. J'aime ce moment-là. Je m'assois sur le bord de la baignoire, je chahute moi aussi la famille des canards jaunes. Lucie chantonne, je me nourris de sa voix franche, de ses épaules si neuves, des dessins charmants qu'offrent ses cheveux évadés sur sa nuque. Un jour elle y aura droit, à l'effet miroir. À partir de quelle ride, de quel affaissement des chairs commencerai-je à lui faire peur ? La pauvre gueule de sa vieille mère, quel cadeau.

Je me suis reprise. Le visage de Majo est toujours un cadeau.

Le fauteuil roulant. Avec le côté gauche envolé, la main, la marche, la liberté sont perdues.

Je ne verrai plus Majo me raccompagner à sa porte avec ses façons de faire bien à elle. Elle empoignait le premier chambranle venu pour basculer tête en bas puis traversait les pièces avec des étirements spectaculaires. « Quarante ans de yoga », jubilait-elle. Même si, avec l'âge, l'amplitude de la manœuvre s'était réduite, ma vieille restait d'une souplesse impressionnante : « Je ne suis pas ta grand-mère, je suis ton chat. »

Je dis « ma vieille » : c'est joli et elle, ça l'enchante. Ni l'une ni l'autre nous n'aimons les pincettes verbales, « nos aînés », « nos anciens », « les seniors », « l'âge d'or », tout ce bla-bla du parler positif alors que, dans les faits, le banc de touche manque de coussins.

L'hiver dernier j'avais mis de côté une publicité pour un bracelet de télésurveillance. Je voulais pouvoir partir de Paris quelques jours avec la sécurité d'un service d'appel. J'avais argumenté, le papier à la main :

— Si tu tombes quand je ne suis pas là ?

— Je me relève.

— Si tu t'es cassé quelque chose ?

— Je suis incassable.

— Tes voisins n'entendraient pas.

— Ils m'entendent quand je chante du Bobby Lapointe.

Parce qu'elle chantait encore du Bobby Lapointe ? Elle m'a chipé le flyer en ajustant ses lunettes :

— Voyons.

Silence, puis sa moue de prof :

— C'est Big Brother, leur truc !

À l'hôpital un médecin avait tranché dans le vif : séquelles lourdes, état général dégradé, ça ne relevait pas du soin à domicile, il fallait envisager un établissement spécialisé.

L'heure était venue, dont nous ne parlions jamais, Majo et moi. Celle qui la jetait hors de chez elle. Je me rappelle m'être adossée à la porte, soufflée. « Prenez rendez-vous avec Mme Foccaria, notre assistante sociale : elle se chargera de la suite. » Je ne savais pas à quel point on emploie cette expression, « la suite », pour désigner le bref avenir des vieux.

Ce soir-là, j'ai pleuré pour la première fois depuis la chute. Dès que Lucie a été couchée, j'ai commencé à ruisseler. Théo me parlait, tout un flot de mots que je n'entendais pas. J'ai ri pourtant quand il m'a dit :

— Foccaria, ce n'est pas un nom de fougasse ?

En guise de fougasse, j'ai découvert une dame brouillonne dans un bureau minuscule. Des dossiers constellés de ronds bruns : les gobelets à café.

— L'aide sociale, dans votre cas, on oublie. Pour un établissement en Île-de-France, comptez 3 000 euros le mois en charge hôtelière pure.

Tandis que je tournais et retournais la formule « charge hôtelière pure », elle inscrivait sur un Post-it des adresses que j'aurais trouvées chez moi en un clic. Une grosse écriture pleine de conviction.

— Je vous tire la liste des pièces à fournir, si Titine veut bien.

Puis, tapotant l'imprimante :

— Elle veut bien, ma Titine ?

Pourquoi cette envie soudaine de la gifler ? Un conseil, elle avait bien un conseil ? Haussement d'épaules. Je lui soufflai des noms qu'on m'avait recommandés.

— Les Œillets, oui, mais il y a du monde au portillon ! On reprend contact mercredi ?

Elle se lève, je ne bouge pas. Elle se rassoit.

— On peut essayer un retour encadré à domicile, le temps qu'une place se libère, mais attention, qu'une place se libère quelque part. Pas forcément aux Œillets.

« Retour encadré à domicile » ? Mes mains se mettent à trembler. Comment dire que je ne me vois pas en colonel d'une brigade d'auxiliaires de soins ? Je ne pourrai pas prier le dieu des purées à chaque repas pour qu'aucune bouchée ne glisse dans le mauvais tuyau. Je ne saurai pas faire, on se trompera, on lui fera mal, et de toute façon elle ne voudra pas – mais je me tais.

La Foccaria reprend :

— Si ça se trouve, tout ira bien !

Et si ça ne se trouve pas ?

— Renseignez-vous à la source et revenez mercredi.

Ainsi suis-je devenue en cinq minutes la personne qui recherche un Ehpad. La personne qui se renseigne « à la source », qui remonte un seau à la main le long fleuve des

« lieux de vie ». Un emploi à part entière, une fois Lucie couchée, que de consulter sites, forums et avis. Théo a pris sa tablette pour prospecter à côté de moi. Je l'entends pianoter sans répit et quand je tourne la tête vers lui, il ne lève pas la sienne. Théo se donne du mal. Ça fait plus d'un an qu'il se donne du mal pour moi.

Avant d'accepter la colocation j'avais préféré passer chez lui : les gens intéressés par mon annonce s'étaient montrés refroidis par la présence d'un enfant, lui n'avait fait aucun commentaire, sur quel phénomène étais-je tombée ? Rentré fauché d'Argentine, Théo partageait avec un étudiant un deux-pièces défraîchi place Daumesnil. Il m'a accueillie pieds nus, bronzé, un rien hagard, flottant dans un jean froissé, en me souriant comme peu de gens savent le faire avec des inconnus. Nous avons échangé quelques mots sur son voyage, il m'a proposé un café.

Par ce bel après-midi de juillet les fenêtres donnaient sur les lions de la fontaine et les portes, ouvertes elles aussi, sur la chambre de chaque occupant. L'une rangée et arrangée, l'autre d'un bordel manifeste, caché à la va-vite – « Observe bien, m'avait dit mon amie Alice, sois mal élevée ». Sitôt fait. Une couette juste rabattue, un cendrier oublié derrière l'ordinateur, des disques sans pochette, des livres à l'envers, il ne manquait plus que les chaussettes expédiées sous le lit. Théo souriait de plus belle : « Vous vous demandez laquelle des deux est la mienne ? » Il n'a pas menti, un point pour lui ; je ne me suis pas trompée, un point pour moi. J'avais aussi repéré la clarinette : « Vous en jouez beaucoup ? » Et il s'est mis à me parler de Michel Portal, d'un fameux quintette de Mozart qu'il allait me prêter. J'ai avoué que je n'y connaissais pas grand-chose, et lui, qu'il avait commencé tard.

Je me souviens du bruit d'eau au centre de la place, que les voitures couvraient par moments, je me rappelle cette lumière d'été sur les feuilles des platanes, j'entends encore cette voix qui ne cherchait pas à finir. Je n'ai posé à Théo aucune des questions prévues, pas plus qu'il ne s'est montré curieux de mon appartement. Quant à la phrase pour écarter tout risque d'ambiguïté, elle m'était devenue imprononçable. Théo l'a-t-il senti ? Le lendemain, cette fois à la maison, il m'a glissé qu'il « ne regardait pas spécialement les femmes », puis il m'a offert le quintette faute de pouvoir, en fait, se séparer du sien.

C'est ce même homme ce soir qui allume une cigarette en pointant sur sa page une mamie reluisante avec jardin fleuri :

— Impérial Bel Âge, ça a plutôt l'air bien, non ?

La nuit passera à éplucher devis et forums des familles. Décidément, la Maison des Œillets, excellente réputation, professionnels de pointe, visite en ligne remarquable. Nous naviguons d'un écran à l'autre, nous réconfortant de notre mieux – le Pavillon des Cèdres à Nogent n'est pas mal non plus. L'espoir renaît, la France ne manque pas de ressources, quelle chance nous avons. Le pire reste d'admettre. Admettre que Majo soit « placée », que la médecine ait atteint ses limites. Admettre qu'avec le fric de sa retraite nous la retirions de sa propre vie. Admettre prend du temps et nous n'en avons pas.

Tandis que la Foccaria vérifiait le dossier, j'ai bredouillé : « Les Œillets, ce serait bien », comme si elle y pouvait quelque chose. Elle a opiné du chef : « Ils peuvent, avec des tarifs pareils ! »

C'est que les vieux nous sont chers.

Majo a un frère, Louis, de quinze ans son cadet, installé depuis longtemps au Mexique. En apprenant l'hospitalisation de sa sœur il avait promis de sauter dans le premier avion. Aucune nouvelle. Je persistais à espérer qu'il surgisse et me donne un coup de main. Il expliquerait à Majo l'exil que nous lui préparions. Un frère sait s'y prendre avec une sœur, pensais-je. Comme je parlais une nouvelle fois de lui, Majo s'était agacée : « Arrête de me bassiner avec ce type ! » Ce type. Jusqu'au jour où.

Majo en avait une bonne à me raconter : Louis était passé la voir la veille, juste après mon départ.

— Il vieillit, le pauvre. Son grand sympathique lui joue encore des tours.

J'avais toujours entendu parler du grand sympathique de l'oncle Louis : enfant, j'imaginais qu'un copain de haute taille lui faisait des misères. Je ne sais pas ce qui m'a mis la puce à l'oreille, mais je suis allée demander qui s'était présenté au bureau des infirmières. Majo n'avait reçu aucune visite. Comment avait-elle pu s'emmêler les pinceaux à ce point ? Les mots de l'interne me sont revenus : « Démence vasculaire ».

Quand je m'inquiète de sa confusion, Majo est bien la seule à rire :

— Ne m'en veux pas, je voulais que tu me fiches la paix !

J'aurais aimé, moi, que le frère perdu accoure du bout du monde. Qu'il y ait quelqu'un pour aimer ma vieille à côté de moi et m'aimer à côté d'elle. Nous sommes la famille peau de chagrin. Pas de cercle auquel me chauffer. Même pas un oncle d'Amérique.

Fâchée par la blague, j'ai laissé Majo. Je suis partie en claquant la porte, autant qu'il est possible avec l'amortisseur automatique ménageant les cœurs fatigués.

Quatre jours plus tard, réponse positive des Œillets. Encore un peu on sablait le champagne comme si Majo était reçue à un concours.

— Tu seras bien là-bas, ai-je répété avant qu'elle finisse par montrer son fauteuil.

— J'emporterai ma bicyclette ?

Théo est ravi : c'est un de ses amis qui nous a introduits aux Œillets et recommandés au docteur S., une femme formidable, l'âme de l'établissement.

— Ça fera plein de gens formidables pour Mamie, dit Lucie.

C'est la première fois qu'elle parle de Majo depuis l'hospitalisation. La première fois que je peux aborder la question en sa présence, ma petite fille formidable aussi.

Dans la nuit la pensée noire me rattrape : quel cadavre faut-il remercier pour qu'une place nous ait été donnée ?

Majo déjà « livrée » par l'ambulance à la Maison des Œillets, je la rejoins dans un salon baigné d'une belle lumière d'octobre.

Accroupie devant le fauteuil roulant, une employée en blouse turquoise se lève pour m'accueillir, une bonne tête ébouriffée :

— Je suis Christiane, la maîtresse d'étage. Mme B. m'a dit qu'elle lisait beaucoup, ça tombe bien, moi aussi !

Comment Majo fait-elle pour être si rose et contente ?

— Mme la directrice va arriver. Un café vous ferait plaisir ?

Nous avons changé de monde. Tout le dit, l'espace et le silence, le moelleux de la moquette, la profondeur des fauteuils, ce bâtonnet de sucre caramel dans mon moka d'Éthiopie. Un bataillon de femmes surgit. La directrice, une quinquagénaire pimpante, se présente :

— Mme Laplage. Je sais, mesdames, ça ne s'invente pas.

Infirmière, orthophoniste et psychologue sourient à cette blague qu'elles doivent essuyer à chaque rendez-vous.

— Jean-Louis, notre kiné, est encore en salle avec nos résidents. Un garçon exceptionnel, vous verrez.

Puis, se tournant vers Majo, elle surarticule :

— Nous allons apprendre à vous connaître, chère madame.

Commence ce qui s'appelle « l'entretien d'intégration ». Majo écoute les questions mais ne sait plus ses préférences alimentaires, ni ses loisirs ni ses centres d'intérêt. À peine réussit-elle à demander si ses pieds sont bien, comme s'ils pouvaient s'être tirés quelque part. Je parle à sa place et on la regarde en feignant de croire qu'elle répond par ma bouche.

Puis nous visitons. Christiane a saisi le fauteuil et glisse devant moi. Les lieux défilent, déserts.

— Nos résidentes se pomponnent pour le déjeuner, autrement, c'est une vraie volière !

Laplage y va de son discours d'autopromotion, lieu de vie, qualité d'écoute, dialogue avec les familles, soins, convivialité. J'entends le son extraordinaire de ses hauts talons. Les portes sont épaisses, les poignées dorées. Ce pourrait être le seuil d'un colloque d'experts, d'un établissement thermal, d'un conseil de placements en Suisse. Chambre-témoin aux rideaux en velours, salle de bains avec miroir d'actrice. Succession de salles à manger, de réception, de coiffure, de détente, de kinésithérapie, bureaux, locaux d'intendance. Une sorte de bourgade avec ses carrefours, ses avenues et ses magasins. À chaque étage, de jolis salons sous le soleil d'automne, vue sur le jardin. Des tables basses aux magazines impeccables. Des télés sans spectateurs.

— Vous avez un instant pour l'apéritif de bienvenue ? Si vous voulez me suivre.

Nous voulons bien suivre, nous ne faisons que suivre.

Le couvert est dressé, porcelaines coiffées de cônes amidonnés, glaïeuls sur les consoles. D'un frôlement du bras, Laplage m'oriente vers un buffet où nous attendent des verres colorés.

— Je vous présente M. Mazzini, la crème des résidents, qui n'a pas son pareil pour accueillir les arrivants.

Un beau vieillard nous tend la main, mais Majo l'ignore et ne quitte plus ses pieds des yeux. Je vais vraiment la laisser là pour de bon, après-demain, comme convenu ?

Quand viendra le moment des questions d'argent, Laplage n'aura pas un signe à faire pour que Christiane intervienne :

— Madame B., vous êtes un peu fatiguée, je vais vous chouchouter deux minutes.

Le fauteuil s'en ira sans que Majo manifeste la moindre inquiétude.

Nous y sommes. La chambre, sa chambre. Large fenêtre, blancheur spacieuse, silence parfait, téléviseur dernier cri. Majo regarde autour d'elle, moins hagarde. Je promets d'y installer le tableau qu'elle aime, celui de son bureau avenue Parmentier, *Les Iris* de Van Gogh.

— Bonne idée, me dit-elle.

Sa main paralysée repose sur un coussin, claire et amincie. Les ongles poussent, beaux et nacrés, jeunesse de coquillage.

Je pense à tout ce qui est passé par ces mains : les jouets les cahiers les crayons les gâteaux l'épaule du danseur les caresses les soins les enfants les épluchages les ourlets les bouquets la brasse dans la mer les pages de tant de livres la flûte traversière dont elle jouait avant que des oreilles ne me soient données pour l'entendre. Tout cela ne peut être pris, qui a été vécu.

À l'entrée des Œillets un panneau indique la date, le saint du jour et le menu. La gardienne le renouvelle chaque matin.

Vendredi 7 octobre 2011

« Un bouquet à la Sainte-Fleur,
Toute l'année du bonheur. »
Salade Arlequin aux dés d'emmental
Saucisse de Toulouse sur sa purée Saint-Germain
Fromage crémeux
Flan pâtissier Tante Mariette

J'ai cru tenir là un sujet de conversation. Erreur :

— C'est déjà pénible de boulotter leurs trucs, on ne va pas se taper leurs phrases idiotes !

On m'avait prévenue : le contrecoup est terrible les premiers jours. Majo garde les yeux fermés et parle peu. Pas un regard pour ce que je lui apporte, pas une oreille pour les nouvelles que je lui donne.

— Tu ne vas pas me coller là avec ces vieux machins ?

Je m'accroche à mon pot de crème, un rituel qu'elle appréciait à l'hôpital, une crème de soin du visage, une autre pour les mains. J'aime lui masser les doigts, la paume, et ranimer ses mains belles et soignées. Je repense à la phrase de Christiane : « Vous avez déplacé une plante dans un jardin : laissez-la faire ses racines. »

À propos de jardin, si nous descendions au parc ? Majo n'en a pas envie. J'insiste : il fait beau, l'air lui fera du bien. J'empoigne le fauteuil. Je ne veux pas l'entendre, elle, dans sa chambre quand je l'approche de la fenêtre, et qu'elle me dit non. Quand j'ouvre sur le soleil et les arbres, et qu'elle me dit : « Ferme. »

Je cale les freins du fauteuil roulant à l'emplacement de la veille, au centimètre près, et je m'assois sur ce qui est devenu notre banc. Majo ne veut pas qu'on change d'acacia, ni d'angle de vue sur l'acacia. C'est ainsi. Elle se remet comme elle peut d'un tremblement de terre personnel. Je me tais et porte les yeux sur les arbres, de branche en branche. Je tourne vite fait la tête vers elle, un œil-écureuil. Le monde près de nous s'affaire. Ma pauvre vieille. Une fois posée dans le jardin, avec les immeubles autour, son infirmité est énorme.

Nous regardons jaunir les acacias. Nous écoutons les bruits dans les appartements, les voix aiguës des enfants.

Le chant des merles. Majo est raide et frêle. Les sons, l'air même, semblent appuyer sur sa peau. Je me demande à quelle fenêtre, derrière quels stores le docteur S. peut nous montrer du doigt à un visiteur.

Mon ancêtre est muette. Elle m'en veut et je lui en veux de m'en vouloir. En la raccompagnant à la chambre, je lâcherai le fauteuil en le poussant, un geste de « bon débarras » pour lequel je me flanquerais des gifles.

Si rester m'est difficile, partir est impossible. Je fais un tour dans les couloirs, j'inspecte les salons, je cherche Mazzini, je croise des vieilles à déambulateur, je prendrais bien un chocolat chaud, je ne sais plus où est la cafétéria, j'ai les mains moites. Je tombe sur Nina qui commence son service.

— Ça n'a pas l'air d'aller, vous, dit-elle.

Nina et moi avons presque le même âge. Quand j'arrive elle me fait un clin d'œil et ne me sert pas du « madame ». Ce soir, je lui raconte à quel point Majo refuse d'être ici, ne voulant rien, ni lecture ni télé, pas un mot.

— Ne vous inquiétez pas. Se taire, au début, c'est leur façon de ne pas être là. J'en parlerai à la toubib, elle va bien nous chanter quelque chose.

C'est que le docteur S. s'appelle Sinatra. Au début j'ai cru à une blague. Seulement son nom circule tellement, de bouches soignantes à bouches soignées, qu'il s'est usé, poli comme un galet aussi aux lèvres inquiètes des familles. Quand on ne pense plus au chanteur, c'est qu'on est vraiment de la maison.

Majo ne retient pas les noms. Une personne ou une autre, elle ne fait pas de différence. Pour elle ce sont des mains. Il faut dire que les mains changent beaucoup aux Œillets. Je repérerai bientôt quelques visages et prénoms dans une valse de stagiaires, de débutantes sitôt vues, sitôt disparues – pour qu'on se vante d'assurer un « flux juvénile » dans l'établissement.

Christiane, elle, frôle la cinquantaine avec l'air énergique et fripé des gens qui ont beaucoup bossé. De bons yeux que grossissent des lunettes comme je croyais qu'on n'en fabriquait plus. Être « maîtresse d'étage », puisque c'est son titre, revient à tout coordonner, avec, en plaque tournante accolée au salon, un bureau vitré d'où observer les résidents et surveiller le personnel. Bureau qu'on appelle « le bocal ».

Christiane travaille à l'ancienne, mais sait traduire les préceptes de la Direction, « piloter une unité de vie » signifiant « diriger une bonne équipe ». Dans ce fleuron d'un groupe national on emploie le dialecte d'entreprise : c'est qu'il faut conserver les actionnaires plus longtemps que les résidents.

En partant je recroise Nina dans le salon, devant une vieille dame affolée dont elle tient les mains :

— Je suis là, ça va aller.

Au jardin j'ai fait connaissance avec quelqu'un « de l'extérieur », selon l'expression en vigueur ici. Un type d'une soixantaine d'années que j'ai surnommé Le Long : tout est long dans son corps et son visage. Lui aussi promène sa mère en fauteuil et l'installe au même endroit que la veille.

Pour elle, l'attaque a été sévère. Elle ne peut pas tenir sa langue dans sa bouche, la remontant par à-coups comme un store qui coince. Elle a du mal à se faire comprendre :

il y a un panneau sur la pelouse, elle voudrait que son fils le lui lise. Il s'exécute. Je n'entends pas mais je vois le petit garçon qu'il a dû être.

Le lendemain, c'est mon tour : Majo me réclame la lecture du panneau. Elle n'y pose pas les yeux, elle qui voulait relire *Les Frères Karamazov. « La Maison des Œillets a le privilège d'offrir à ses résidents un parc historique agréablement boisé. La Direction. »* Majo rit. Un rire gredin pour capacité respiratoire modique.

— Tu vois quelque chose d'historique, à part moi ?

Je glisse un coup d'œil à Le Long, qui me le rend, furtif, prudent – frôlement de poissons. C'est le premier regard que j'échange avec un visiteur. Ils sont bien plus âgés que moi, ceux qui viennent voir une mère, un père, une sœur, un ami. Certains me prennent pour une stagiaire. J'aide parfois dans la manœuvre d'un fauteuil, on me remercie d'un signe de tête. Les vieux enfants fuient les regards. Nous ne prononçons qu'un numéro d'étage quand nous nous croisons dans l'ascenseur. Quel soulagement il y aurait pourtant à se parler.

Nous avons droit à un « espace détente visiteurs » à la cafétéria. Un sas entre le monde et la chambre. Un jour que je n'avais pas de monnaie pour le distributeur, Le Long a fondu sur moi pour me dépanner. Nous avons fait connaissance. Il a un sac à déverser, de colères, de chagrins, de racontars : j'y pique ce qui peut me servir. L'info pratique, le conseil d'expérience, la gentillesse. Je n'ai pas osé lui redemander son prénom, il n'a pas dû retenir le mien, mais nous avons eu plaisir à échanger quelques phrases.

Pourtant, quand nous nous recroiserons dans le parc, derrière les fauteuils roulants, nous n'aurons pas un mot.

Pas un signe susceptible de soustraire la moindre fraction du temps que nous donnons à nos vieilles.

« Vous ne venez pas au concert ? » m'avait dit Le Long. Il ne sait pas ce que sa mère entend au juste, mais il aime y aller et m'y retrouverait avec joie. J'avais promis de ne pas rater le prochain. Sans Majo, classée « hors animations ».

Je rejoins Le Long, nous échangeons un sourire, mais ensuite, bien qu'assis l'un près de l'autre, nous évitons une nouvelle fois de nous regarder. La musique est là.

Un piano à queue sur une estrade tendue de velours rouge, une interprète véhémente. Un public aux cheveux blancs. Une majorité de femmes.

Les visages m'apparaissent. Concentration de rides, regards impénétrables. Des vestiges de corps faibles et souffrants. Le cap Horn de l'existence, me dis-je sans bien me rappeler où se trouve le cap Horn, quel marin connu est mort par là, de qui déjà est cette chanson à sa mémoire. Je me retiens de sauter sur mon iPhone.

Certains regards glissent sur moi comme ils glissent entre eux. Ni émotion ni plaisir n'y passent. Une fatigue les décolore. Ô dieu des harmonies rêvées, il nous faudrait un accord magique, une gamme régénérante, tout un solfège de résurrection. Pourquoi, pour qui les a-t-on installés là ? Pour eux ou pour nous ? Ils ne choisissent pas le programme, ni le moment ni leur place. Aiment-ils seulement la musique, cette musique ? Stimulation cognitive, lien entre les résidents, charte de respect, palette d'activités, lieu de vie : toute cette langue que n'utilisent jamais ceux pour qui elle est faite.

À moins que la musique ne les berce d'un autrefois revenu.

Il arrive que la beauté soulage ce qui ne peut être ni vécu ni perdu.

Quelques dames tremblantes dansent entre elles. Une mamie, adorable et gazeuse, tourne au même rythme quels que soient les airs, les bras en croix, radieuse.

Je ne peux plus rester là. Je ne peux plus soutenir ce que je vois. Je m'excuse à peine auprès de Le Long, qui me regarde m'enfuir, interloqué.

Je veux rejoindre ma vieille dans sa chambre. Je veux penser qu'elle m'attend. J'ai besoin qu'elle m'attende pour supporter la fatigue d'aller dans cette chambre où je crois qu'elle m'attend.

En guettant l'ascenseur, je patiente devant un aquarium où tourne un poisson d'un bleu magnifique. Ses trois centimètres d'écailles exotiques sont plus vifs qu'un seul des membres de l'auditoire. Poisson-turquoise-mon-ami, que penses-tu de tout ça ? Revenue chez moi, je chercherai son nom : *Betta splendens* évolue dans les eaux chaudes du Sud-Est asiatique. On élève en lieu clos les femelles, réservant les mâles à des joutes mortelles dont les Thaïlandais raffolent. L'espèce dispose d'un « labyrinthe », un organe annexe aux branchies pour respirer à la surface et survivre dans un milieu peu renouvelé. Espérance de vie : trois ans.

Betta est le résident idéal d'un Ehpad.

Depuis janvier, j'ai repris mon travail à l'accueil d'une clinique vétérinaire. La première fois pour éponger les frais d'un séjour d'études à Délos, désormais pour préparer mon stage au Chili. Le docteur Buchwelt n'a fait aucune difficulté pour me reprendre : une géophysicienne au standard, ça lui plaît. Lucie maintenant en maternelle, je compte bien boucler ma thèse, mais je doute qu'un mécène partage ma passion des nucléides cosmogéniques en milieu aride. Hors de question que Majo pioche dans un bas de laine qui, vu la note des Œillets, risque de tourner à la chaussette pour nouveau-né.

Je réponds au téléphone pour trois praticiens, note les rendez-vous, reçois les fournisseurs. Je rassure les maîtres inquiets pour leur « petit compagnon ». Selon mon amie Alice, je me brade dans un boulot minable. J'ai pourtant affaire à des données capitales : le temps, l'amour, le chagrin. Il y a des métiers moins nobles.

On me laisse aménager mes horaires, ma collègue est contente qu'en retour je la dispense des week-ends de garde. Je peux ainsi débarquer aux Œillets à l'improviste.

Que se passe-t-il hors des heures de visite ? Les maltraitances existent aussi derrière les velours et sous les dorures. Théo me reproche de ne pas faire confiance, mais pourquoi devrais-je faire confiance ?

Je surgis ainsi par une porte ou une autre, vérifiant l'air de rien que tout se déroule comme il faut. J'imagine quantité de scénarios même si je n'ai jamais surpris quiconque en train de mal faire. Je veille. Même rentrée à la maison, j'ai un œil resté là-bas qui manque à ma vie.

Lucie parle comme le font les enfants, en passant. Dans son bain, elle a posé sa famille de canards et demandé quand Mamie reviendrait, si on pouvait aller l'embrasser. Oui, pourquoi pas ? On verra. Ma phrase fétiche à la moindre complication : « On verra », alors que je ne vois rien.

Le lendemain matin, tandis que je prépare le petit déjeuner, j'entends ma fille jouer au ras du parquet avec sa lampe de poche. Elle ne sait pas encore que la vieillesse existe. Elle ne dit pas ces mots, « vieux », « vieille ». Elle me ramène à un monde où Majo n'est pas tombée, un monde où il est possible qu'elle revienne, remise à neuf, un jour prochain.

Théo proteste :

— Lucie, va dans ton lit.

Elle a dû se glisser dans le sien, ils rient tous les deux. Théo a des manies fatigantes, poser son linge sale sur le panier et non dedans, jouer de la clarinette quand j'ai besoin de silence, fumer des cigarettes sur ma couette et les éteindre dans les jardinières. Quelques obsessions et des secrets – mais tout le reste de lui me repose. Tout ce qu'il est me va. Tout ce que je suis lui va. Nous allons ensemble comme deux couleurs.

Une émission de radio sur le grand âge. Une auditrice, au téléphone, parle d'un jardin abandonné sous ses fenêtres. Un couple l'entretenait, de vieilles personnes qu'on a « placées ». Pas d'enfants, aucun proche, juste l'aide de quelques voisins. Lequel des deux a défailli et entraîné le départ ? Qui l'a organisé ? Un lointain neveu, quelqu'un de la commune ? L'auditrice voudrait savoir « où ils ont été emmenés ». Ce sont ses mots.

Quelques minutes plus tôt on se demandait quelle suite donner à la perte du triple A, comment enrayer le vol de métaux dans les cimetières alsaciens, combien de morts en Syrie. Wall Street à la baisse, l'OM contre le Red Star et le record de 29 000 kilomètres annuels d'une baleine à bosse. La voix de cette femme s'est glissée jusqu'à moi dans l'entre-deux des rumeurs mondiales, avec ces vieux disparus et ce jardin solitaire.

Majo aura habité quarante ans avenue Parmentier. Elle aimait se promener dans le quartier, acheter sa demi-viennoise, prendre son café noisette au Saint-Maur. Il lui arrivait de dépanner des mères dont elle aérait les bébés square Maurice-Gardette. D'expliquer aux plus grands les accords du participe et les joies de l'ablatif aux latinistes. De prendre chez elle le lapin de Mme Malka. La gentille mémé qui collectait les bouchons de bouteille en plastique pour les enfants de Madagascar, où est-elle passée ?

Deux semaines de séjour. Les visites me semblent longues. Bientôt nous n'aurons plus le jardin pour faire diversion. Majo vérifie que je prends le même virage que d'habitude, le même ascenseur, le même couloir.

— C'est bien que tu connaisses le chemin !

Elle s'inquiète, elle qui partait toujours au hasard des sentiers. Elle scrute avec effroi son monde restreint comme si d'une infime variation pouvait surgir je ne sais quel monstre marin. Au retour nous longeons le mur derrière lequel s'ouvrent, aux immeubles ordinaires, les fenêtres ordinaires :

— On n'est pas passées par là !

Elle n'a qu'une hâte, entendre la porte se fermer derrière nous, sentir les freins bloquer les roues du fauteuil. Le temps dans la chambre s'épaissit. Comment alléger les choses ? Je prends conseil.

— Voir votre petite lui ferait plaisir, me dit Nina.

Christiane renchérit :

— Ça lui redonnerait l'envie de lutter.

J'explique à Lucie : c'est un endroit particulier, Mamie a changé, on ne restera pas longtemps – mais elle n'a pas peur. Elle emporte le jeu de cartes qu'elle adore éparpiller partout.

Les voici face à face. Silence. Majo fixe ma fille comme si la petite allait lui piquer son fauteuil ; Lucie ne quitte pas des yeux le bras mort.

— On essaie une bataille ? dis-je en rabattant la tablette, à la grande joie de ma fille qui a de ce jeu une pratique très approximative.

Je place les cartes du côté de la main valide, j'accompagne les premiers coups, Majo nous concède un sourire. Il est rassurant, ce valet de cœur, avec sa bonne tête de con. Je les laisse un instant pour régler l'étiquetage du vestiaire avec Christiane.

À mon retour, catastrophe : Majo ouvre des yeux béants, les jambes constellées de cartes ; Lucie s'amuse à monter, descendre le store, le pouce fou sur le bouton de la commande. Qu'est-ce que j'espérais ? Comment Majo pourrait-elle faire face à la vitalité d'une petite fille ? À peine aurons-nous fermé la porte qu'elle aura rallumé sa télé, elle qui ne la regardait pas.

Je deviens pour elle la dernière survivante du monde extérieur. Elle ne réclame pas la visite de Théo, elle se fiche de qui prend de ses nouvelles, Lucie n'existe plus tout à fait. N'importe qui est en trop dans son fragile quartier de vie.

— Elle a de meilleurs moments, dira Nina, seulement ils ne collent pas toujours avec votre passage. Quand mon neveu a fait sa bronchiolite, elle me demandait si ça allait mieux. Et puis elle s'est fait une copine avec qui elle goûte de temps en temps, la gentille Mme Trichard.

— Elle ne m'a jamais parlé d'une Mme Trichard.

— Ne me dites pas qu'elle vous racontait tout avant, si ?

Vient enfin ce jour qu'on me promettait. Ce jour où Majo va mieux. Elle me demande si je me plais « au travail », elle me complimente sur ma veste « bien coupée », elle veut savoir « quel livre j'ai en train » : ce sont ses mots d'avant.

— Au fait, la chanson que tu voulais l'autre fois, sur le marin, c'est « Manureva » d'Alain Chamfort. Tu sais, le temps que ça remonte à mes neurones… Vérifie sur ton machin.

Majo adore mon iPhone : il y a réponse à tout dans ma poche de jean. Je lui montre le visage englouti d'Alain Colas.

— Pauvre garçon, dit-elle.

Ma vieille ne sait pas le numéro de sa chambre, ne retient aucun prénom, mais se rappelle une chanson qu'on n'entend plus.

— Normal, me dit-elle, c'est la mémoire récente qui me joue des tours. Et encore, je m'en sors bien ! Il y a une dame qui réclame tout le temps le verre d'eau qu'elle vient de boire. Ça ne m'arrivera pas. D'abord je préfère le bordeaux, et puis j'ai un cerveau d'athlète.

Un cerveau d'athlète. C'est vrai qu'elle peut encore réciter du Virgile ou du Baudelaire. Prof un jour, prof toujours. Elle n'a accepté de bosser avec l'orthophoniste qu'en articulant le début des *Bucoliques* : « *Tityre, tu patulae recubans sub tegmine fagi…* »

Quand la météo est de notre côté, nous nous installons dans le jardin. Ma vieille ferme les yeux, le visage offert, mais on sent la fraîcheur derrière la lumière. Majo récite Baudelaire : « Bientôt nous plongerons dans les froides ténèbres ; / Adieu, vive clarté de nos étés trop courts ! » Les mêmes vers qu'hier, au même endroit.

Un soir je me sens plus triste qu'elle, sans doute cet effet poignant qu'exerce sur moi le chant des merles. Sur le balcon d'en face des enfants font des chiquenaudes avec des boulettes en papier. On distingue les bruits lointains du stade voisin, puis des notes de piano : les répétitions pour le prochain concert. C'est à moi cette fois que revient par bribes un poème de Verlaine : « Mon Dieu, mon Dieu, la vie est là / Simple et tranquille. / Cette paisible rumeur-là / Vient de la ville. » Avant, j'aurais aussitôt récité le passage à Majo, combien de fois avons-nous ainsi joué toutes les deux. Cette fois je le garde pour moi.

Ce bras qui ne bouge plus, si ce n'est le sang qui bat au poignet. Le frémissement cutané des réflexes, l'invisible acharnement des cellules – mais l'atrophie des muscles va rétracter le membre et le déformer peu à peu.

Cent fois par jour on lui répète : « Si votre bras glisse, replacez-le avec la bonne main. » Majo s'affole : « Qu'est-ce que je fais ? » Comme si un chien méchant allait entrer dans la pièce et le bouffer au vol. Moi aussi je crains parfois qu'il ne se décroche. Tandis que nous remontions du jardin, il a glissé de l'accoudoir, mais Majo l'a rattrapé et a continué à chantonner « *Manu, Manu, Manureva* ».

Christiane me rassure : tout s'arrangera quand Majo aura revu le geste en kiné et justement Jean-Louis aimerait que j'assiste à la première séance.

— Au rez-de-chaussée, la porte orange après l'infirmerie, précise-t-elle, me voyant perdue.

C'est qu'il me reste des quartiers à découvrir, aux Œillets.

Jean-Louis m'accueille d'une voix joviale :

— Bienvenue chez les champions !

Il m'accompagne jusqu'au banc désert des supporters en claquant des sandales et des gourmettes. Un vieux moniteur de natation.

L'enfer n'est pas pavé. L'enfer a des couleurs vives et des matières molles. De longues barres parallèles parcourent des tapis de mousse d'un bleu électrique. Des ballons multicolores comme dans les crèches. Et de très vieux bébés. Un monsieur branlant qui tient les barres si fort que ses doigts en blanchissent. Une dame assise sur une chaise, bras pendus à l'espalier mural. Une jeune fille dispose une alèse sur la table de massage.

— Armelle va nous aider pour notre premier essai, et après elle vous cajolera le dos, veinarde que vous êtes ! On est d'accord ?

À ma grande surprise, Majo accepte. Tous les deux la soulèvent, l'extraient du fauteuil.

— On verticalise tout doux !

Jean-Louis a beau jouer de sa voix enveloppante, Majo a peur. Même de dos, à la crispation de son cou, je vois qu'elle a peur.

— À quoi ça sert de m'embêter ? grogne-t-elle.

— Rome ne s'est pas faite en un jour, madame B., vous connaissez la question ! Il faut que vous puissiez faire votre transfert du lit au fauteuil, on est d'accord ?

Le lendemain, rien ne va plus. Christiane m'intercepte à l'ascenseur :

— Elle nous a lancé son dentier !

Le contrecoup classique de la kiné, explique-t-elle : on se voit debout comme avant, sauf qu'on n'est plus comme avant.

— M. Mazzini va vous offrir un café.

Il apparaît comme si une télécommande le programmait en coulisse pour le désarroi des familles. M. Mazzini ne boit jamais son café. Il est l'assistant moral du service. Au stade supérieur de l'angoisse Christiane sort le Vittel-menthe, mais je ne fais pas encore partie des bénéficiaires.

Dans la chambre, j'irai de mon sermon : est-ce que ça se fait, de jeter ses dents à la tête des gens ?

— Je n'ai pas visé la tête, souffle Majo sans ouvrir les yeux, mais ça peut venir.

À moins qu'elle n'ait un problème aux dents ? Elle a maigri, peut-être que l'appareil ne va plus ?

— Tu as mal quelque part ?

Pas de réponse. Bouche pincée, visage verrouillé.

Qu'est-ce qui peut pousser une vieille dame bien élevée à balancer ses dents sur les gens ? Le bilan cognitif est bon, pas de démence vasculaire. Reste la colère. Et si la colère n'était pas tournée contre la situation, comme on le dit pour ne fâcher personne, mais contre quelqu'un ? Quelqu'un qui lui aurait manqué de respect pendant la toilette, par exemple. La toilette, angle mort de ma surveillance.

Je décide de retourner aux Œillets plus tard que d'habitude, pour voir si je ne peux pas surprendre quelque chose.

— Mme B. se repose avant le dîner, me dit Christiane le plus tranquillement du monde.

Les stores sont descendus, les rideaux tirés, la télévision éteinte ; une lueur traverse les interstices pour rebondir sur les chromes du lit. Majo est allongée, ombre dans l'ombre. Elle dort. Souffle paisible. Visage délassé. Mains abandonnées. Jambes d'autrefois rendues à elles-mêmes. Sur la table de nuit, sa paire de lunettes près du réveil. La colère s'est enfuie sans laisser de traces. Elle rêve. Là où elle est, il n'y a pas de fauteuil roulant.

Je chasse l'idée qu'un jour sa mort lui ressemblera. Je chasse l'idée que ce serait mieux pour elle d'être partie dans son sommeil cette nuit d'août. Je ne pense rien, les yeux perdus dans ce fleuve lourd qui défile devant moi.

Les jours suivants Majo restera fermée et muette. Jetant son dentier à la tête des filles. Crachant la nourriture. Refusant que j'approche de ses joues la crème magique. Ne montrant rien quand j'arrive, rien quand je pars. Pas de réponse aux questions. Seulement un non de la tête quand je veux savoir si elle souffre. Jc sais de quoi Majo a peur. J'ai peur de la même chose.

Quand je reviens dans la chambre, Nina est avec elle, accroupie près du fauteuil. Elle lui tient la main, lui parle tout bas. Majo la regarde et l'écoute. Je n'ose pas entrer.

Nous étions mieux, nous retombons, nous naviguons ainsi de sursaut en effondrement. Il n'y a plus pour moi d'autre actualité. Tout le reste glisse sur moi, même les événements les plus frappants. Je l'ai compris au travail, en jetant les vieux magazines de la salle d'attente. Les images terribles de la mort de Kadhafi, je n'en ai vu aucune, nulle part. La mort en suspens de Majo devient la seule perte. Ma lutte pour l'empêcher, la guerre unique. Un des effets du moment : la disparition du monde.

Tous les matins je me réveille épuisée. Je rêve d'une grasse matinée comme d'une plage à marée basse où se balader le nez au vent – mais quand j'ouvre l'œil elle a disparu. À cette heure-ci, Majo doit attendre qu'on l'asseye. Une fois, elle s'est plainte d'être balancée « comme un paquet », un paquet tombé de l'étagère, livré à des mains étrangères. D'une image à l'autre, entre les eaux du sommeil, je vois ma vieille enveloppée de papier kraft, les yeux bâchés au Scotch de déménagement.

Elle me dit qu'elle ne souffre pas. On me dit qu'elle ne souffre pas. Est-ce vrai qu'elle ne souffre pas ? Est-ce bon signe ? Ne vaudrait-il pas mieux qu'elle souffre ? Que va-t-on faire si elle souffre ? Et quand elle souffrira ?

Je traverse depuis des semaines les mêmes journées entre le travail, ma fille, les courses, les visites. Le chagrin se condense la nuit. Est-ce que je ne devrais pas prendre Majo avec moi ? Mieux, m'installer dans son appartement avenue Parmentier ? On réduirait les frais, je me ferais aider et elle garderait son cadre. Seulement Lucie changerait d'école et ceux qui disent « Elle se refera des copines » ne connaissent pas les copines de Lucie. Que deviendrait Théo avec la location pour lui seul ? Et moi, sans Théo ?

Majo à la maison, ce ne serait pas raisonnable. Qui verrait les fausses routes en mangeant ? les problèmes respiratoires ? la rechute cérébrale ? Le docteur Sinatra a été formelle : « Ingérable à domicile. » À moins que ce ne soit moi qui lui aie soustrait ce mot pour en finir ?

Qu'est-ce que je veux, finir ou commencer ?

Majo au visage de pierre. Ma vieille qui lisait beaucoup ne veut plus lire. Ma vieille qui riait ne rit plus. Elle qui parlait se tait. Je la vois s'amenuiser, devenir une silhouette dans le lointain d'un pare-brise arrière. D'après Christiane, elle ne dort pas dans la journée :

— Elle aime qu'on la laisse tranquille dans sa chambre. Elle rêve. Elle repense.

Sans doute, mais à quoi ? Je m'en inquiète comme s'il était possible de savoir où s'en va l'esprit de l'autre. À quoi pense-t-elle, la question ne me lâche plus : rien n'empêche un tapis volant de glisser sous moi, de m'élever au-dessus des toits et de m'emmener aux Œillets. J'atterris dans la chambre, j'entends le tic-tac du réveil, le claquement des sandales dans le couloir, les éclats de récréation à l'école voisine. Le domaine des songes demeure impénétrable.

Je voudrais croire qu'elle revoie nos vacances à Honfleur. Nous aimions tellement la mer. À mon tour je remonte près d'elle la digue au soleil couchant. Les fanions des mâts claquent à l'avant-port, les mouettes volent bas dans la lumière, on rentrera à la première fraîcheur, est-ce que demain sera aussi beau qu'aujourd'hui ? Je me rappelle cette veste oubliée un jour sur le parapet, comme nous avions couru pour la récupérer. Une veste réversible bleu et noir qu'elle avait cousue sur la machine de sa copine Élise, une Singer à pédalier qui, disait-elle, faisait des points comme on n'en voit plus. Élise nous avait accueillies l'été dans sa campagne, à la mort de ma mère. Une belle maison avec une balançoire et un paon gueulard qui s'appelait Ernest. Je ne retrouve pas le dernier visage de ma mère, rien de mon propre chagrin : pourquoi faut-il que ce soit elles qui me reviennent, les deux amies sur la terrasse buvant des americano parmi les lauriers roses ?

Je passe des heures sur Internet à traquer les diagnostics – effondrement cérébral, dépression sénile, récidive vasculaire. Théo s'agace :

— Arrête ! Et tu vas trop là-bas, aussi. Occupe-toi de Lucie, tu perds contact avec elle, avec tout.

Je vais dans ma chambre, il m'y suit, coince un pied dans la porte et continue :

— Tu ne rappelles pas Alice, tu ne mets plus le nez dehors, on ne fait plus rien ensemble, à ce train-là tu ne vas pas tenir.

Je sais qu'il a raison, je connais ses yeux fougère qui ne me lâchent pas – mais je me raidis, il me prend dans ses bras, je le repousse, il me retient. Je ne sais pas si on rit ou si on s'engueule, quand soudain il s'immobilise, le doigt vers l'écran. Vient de s'afficher un e-mail du docteur S. :

« Après vérification, l'appareil dentaire n'est pas en cause. Je peux vous recevoir demain à 18 heures. »

Demain à 18 heures ! Pourquoi demain à 18 heures ? Elle ne va pas la virer, quand même ? Théo hausse les épaules : elle doit envisager un traitement adapté. Je bondis :

— On n'adapte rien là-bas, ça passe ou ça casse !

— D'accord. Je viens avec toi demain.

Il a suffi de cette phrase pour que la peur me quitte. Théo vient, nous pourrons nous faire entendre. Théo vient, rien de mauvais n'est à craindre. C'est plus tard dans la soirée, une fois la porte de ma chambre refermée, qu'un malaise m'a saisie. Je n'ai pas descendu le store, la nuit parisienne me regarde derrière la vitre, j'aperçois mon propre reflet à la lueur de la lampe. Qu'est-ce qui m'arrive ? Depuis des années je me bats pour ne plus être dans le sillage de quiconque et me voilà réfugiée derrière un mec, comme si les embrouilles avec le père de Lucie ne m'avaient pas suffi. Circonstance aggravante, rien de physique entre nous : aucune excuse dans la griserie sensuelle. Est-ce que je ne suis pas en train d'installer Théo à une place qui n'est pas la sienne ?

D'un autre côté, quel mal y a-t-il à se rassurer, est-ce qu'Alice n'a pas eu souvent ce même rôle sans que je m'en étonne ?

Seulement il est clair que Théo n'est pas Alice.

Nous nous retrouvons tous les deux dans le bureau du docteur S. J'observe une photo de famille que je n'avais pas remarquée. On la voit en forêt avec des enfants.

— À l'examen, rien d'inquiétant. On va lui épargner le scanner.

La photo est prise de loin, les arbres occupent toute la hauteur, les silhouettes sont minuscules : est-ce bien elle, là, avec deux enfants ?

— Nous souhaitions viser l'autonomie dans le transfert et monter en puissance sur la motricité.

Ces mots, « monter en puissance sur la motricité », tintent dans mon cerveau comme une langue étrangère.

— Seulement il faudrait qu'elle y mette du sien. Elle se montre agressive à la toilette, elle sonne pour son bras, elle refuse tout à table. Elle ne collabore pas.

« Collaborer. » Je plonge sous la forêt, dans les vertes allées. Théo enchaîne :

— Que pensez-vous faire, docteur ?

Timbre grave, virilité technique : le docteur S. sourit, sa voix se réchauffe.

— Nous lui laissons du temps, mais attention au syndrome de glissement. Une bonne conversation la motiverait, j'en suis sûre. Essayez. Certains font pour leurs enfants ce qu'ils ne font pas pour eux-mêmes. Parlez-lui.

« Syndrome de glissement » : tout à l'heure, sans parvenir à dormir, j'entendrai ces mots sortir de mon oreiller, se jeter sur moi comme des bêtes de nuit dans les phares. Ma vieille, je vais lui coller un de ces savons ! J'essaie de croire à ma phrase, mais j'ai honte. Je me lève et tâtonne jusqu'à la chambre de Lucie. Je n'allume pas la veilleuse. C'est dans le noir que sa respiration m'aide à disparaître.

Le lendemain, stupeur, Majo est en pleine forme :

— « *Salut, bois couronnés d'un reste de verdure...* », m'envoie-t-elle d'une voix claire.

La petite fille d'avant-guerre qui récitait Lamartine à l'école, les yeux baissés sur ses chaussures à barrettes, c'est elle qui m'accueille.

— « *Feuillage jaunissant sur les gazons épars ! / Salut, derniers beaux jours !* »

Cette petite fille que je dois malmener. Je lui parle de notre entretien avec le docteur. Rien ne s'affiche sur son visage. Comme si je lui parlais de quelqu'un d'autre. Je décide de l'accabler de preuves : est-ce qu'elle n'a pas, tout à l'heure encore, envoyé promener l'orthophoniste ?

— Elle est bien mignonne mais elle me fait bouffer du mixé et j'en ai marre du mixé.

— Le docteur Sinatra prétend que même elle tu l'ignores.

— Oh, elle rentre, elle sort, celle-là, docteur Courant d'air.

— Dis-lui : « Bonjour, docteur Sinatra, comment allez-vous ? » Les gens ne sont pas des chiens. Si elle te demande comment tu vas, tu réponds : « Docteur, j'ai réfléchi, je vais me battre. » Et avec le kiné tu dois faire à fond les exercices, tu comprends ?

Majo soupire. Son crâne atterrit sur l'appuie-tête avec un bruit mat. Je m'approche et lui prends la main :

— Si tu ne fais pas d'effort, ils ne vont pas te garder.

Cette phrase m'a arraché la bouche. Majo me regarde avec des yeux immenses :

— Redis ta phrase. Celle que je dois lui dire, à l'autre ?

Alors en rangeant le linge, je répète :

— « Écoutez, docteur, j'ai réfléchi, je vais me battre. »

C'est ma conscience que je flanque au placard. Nous n'ajouterons plus rien avant mon départ.

Nous ne profitons plus du parc, mais ce soir j'y descends seule respirer avant l'autobus du retour. Il pleut. Le bruit des gouttes sur mon parapluie. L'odeur d'impossibles vendanges qui monte des feuilles mortes. La paix des premières lumières. Je me dis que j'ai bien fait, qu'il le fallait. Mais en repartant je croise Betta dans son aquarium :

— Tu as dit ça ? « Si tu ne fais pas d'effort, ils ne vont pas te garder » ? Tu as vraiment dit ça ?

Théo a collé un Post-it sur le réfrigérateur : « Changement d'heure ce week-end ». L'heure d'hiver, Majo me la rappelait le matin même. Tout cela n'a plus de sens pour elle. Aux Œillets, il est l'heure de la toilette, des ateliers, l'heure du déjeuner et du kiné. Le temps des autres n'est plus son temps.

À l'hôpital elle avait réclamé le réveil de l'appartement, un réveil à l'ancienne aux chiffres phosphorescents. Il est tombé, la petite aiguille s'est décalée : est-il 17 h 30 passées ou bientôt 18 h 30 ? « L'heure en gros, ça me suffit. » Pas question d'acheter un nouveau réveil : c'est celui de la maison qu'elle aime, qui battait les secondes avenue Parmentier.

Aujourd'hui je n'ose pas demander à Majo si la séance de kiné n'était pas trop pénible. Si elle s'est montrée plus aimable avec l'orthophoniste. Si le docteur S. est venue, si elle a pu lui parler. Nous nous taisons. Par moments Majo me lance une phrase. « Le temps ne s'arrange pas. » Ou : « Rien d'intéressant à la télé. » Je hoche la tête ou je raccroche un bout : « Tu crois qu'ils nous mettraient un bon film ? » Le silence retombe, que dérangent parfois les éclats de voix du stade voisin. J'aime entendre les cris des athlètes que ne découragent ni le froid ni la nuit. Je les verrai tout à l'heure courir la bouche empanachée sous les puissants lampadaires. Bruit mat des baskets, force retentissante quand s'entête près d'eux la faiblesse des vieux.

— Mes pieds, ils sont bien, mes pieds ?

Ces pieds qu'elle ne sent plus lui jouent des tours invisibles.

— Ils sont bien.

À nouveau ce silence volumineux. Je fixe les iris bleus de Van Gogh, rapportés de chez elle. Un seul iris est d'un blanc de neige. Je pense à cette attention au monde qu'il a fallu pour voir cet iris blanc et nous le donner. J'aime le peintre, j'aime les peintres, ceux qui font les tableaux et ceux qui les contemplent. Toute cette ronde arrache la fleur à sa disparition et la confie à nos regards.

Demain Majo ira mieux. Elle dira : « Je suis contente de te voir. » Demain je reprendrai espoir. J'aurai, en lui saisissant la main, l'impression qu'elle peut emboîter la mienne. Que rien de ce que nous sommes n'a bougé.

Des doigts effleurent mon épaule comme je traverse le hall d'accueil. Le Long.

— Vous étiez passée où ?

— Et vous ?

Nous rions.

— Vous avez une minute pour un café ?

Nous filons.

— J'étais là, sourit-il, mais ici il arrive qu'on disparaisse. J'ai su pour votre grand-mère. Le coup du yo-yo, un classique. Oui, j'ai su, j'ai mes sources. Vous verrez, à force on élargit le cercle, on se balade, on bavarde. Avec ou sans sucre ?

La Maison des Œillets n'a pas de secret pour Le Long : il y a déjà placé son père il y a six ans. Tout le monde le connaît, secrétaires, aides-soignantes, agents d'entretien, lingères : le chouchou des petites mains.

— Si un jour Laplage vous embête, venez me voir, j'ai des dossiers.

Qu'est-ce qu'il veut dire ? Pourquoi m'embêterait-elle ? Quels dossiers ?

Le Long se vante d'avoir levé quelques lièvres, comme l'affaire des portions de réfectoire révisées à la baisse par la diététicienne. Il a fait des calculs et des graphiques sur les temps de soins qui s'amenuisent comme les barquettes de colin. La minute kiné qui ne fait pas 60 secondes. Les vêtements qu'on n'envoie pas au pressing mais qu'on facture.

— Sans parler des commissions en douce pour passer aile sud. Quand on pense à ce fric qu'ils nous prennent…

Je résiste : le personnel est bien, les gens font du mieux qu'ils peuvent. Le Long s'indigne :

— Encore une chance ! Vous avez vu le cours en Bourse du groupe Senepax ? Des spéculateurs de croulants, ces gens-là.

Il me raconte son père qu'il a gardé onze mois chez lui : il avait failli y laisser sa peau. Tout ce mal pour le voir sombrer par pans entiers. Des falaises de mémoire effondrées dans la nuit. La croix et la bannière pour atterrir ici – et mourir ailleurs.

En écoutant Le Long je vois la colère qui se cogne aux murs. Le mur des y-en-a-trop et y-en-a-pas-assez : trop de vieux, pas assez de gens. Le mur des « Et vous financez ça comment ? » par ceux-là mêmes qui seront les premiers à réclamer des infirmières. Le mur des solitudes.

— Tout le monde s'en fout, des vieux, gronde Le Long. Ici moins qu'ailleurs, oui, mais vous appelez ça une vie, leur maintien dans cette boîte ? Vous croyez encore que l'argent fait tout, Chloé.

Nous nous taisons. Je tente une percée :

— Tout ça n'est pas assez pensé. La question de l'âge en général est mal posée, non ?

Le Long me regarde, sceptique. Je cherche la suite :

— Cette nuit, justement, je me disais… J'aimerais faire quelque chose. Même ici. Réfléchir aussi aux structures. On vieillit tous et…

— Oh pitié, n'allez pas me dire que vous êtes de gauche, coupe Le Long en balançant son gobelet à la poubelle.

Nulle part on n'aime parler des vieux. Même chez les vieux, les vieux c'est les autres.

Je reprends un ton plus bas :

— Il y a forcément quelque chose à essayer pour un peu plus d'« humanité », dis-je sans trouver d'autre mot.

Le Long hausse les épaules, je résiste : c'est bien son but, à lui, quand il soulève les problèmes ?

— Non, moi, je les pince en flag' et je les fracasse. Ne me demandez pas de refaire le monde.

La cafétéria se vide, la responsable passe un coup d'éponge et remet les rotins en place. Le Long se lève, sort de sa poche un vague papier qu'il griffonne d'un stylo bille mâchonné :

— Je vous note mon portable. Vous êtes trop jeune pour rester seule avec ça. Je vous présenterai Emma. Elle aussi aime agir. Elle a sa mère ici. Vous avez dû la croiser.

De retour à la maison, Théo me fait une scène :

— Ne me dis pas que tu ne connais pas le prénom de ce type !

Un comble, cette jalousie de mari, vu la chasteté de notre tandem. Comment lui expliquer qu'aux Œillets nous n'avons pas de nom : nous sommes le fils ou la fille de. J'enfourche mon cheval d'utopie : on devrait apprendre à s'épauler entre « aidants », échanger des tuyaux, se soutenir, œuvrer pour une meilleure prise en charge. Je m'exalte : gesticulations et cent pas devant le canapé d'où Théo me regarde, les yeux ronds. Un maintien à domicile prolongé avec un personnel correctement rémunéré que les plus dépendants retrouveraient en établissement. Des maisons de taille raisonnable, intégrées dans la commune, mélange générationnel garanti. Fini les mouroirs, les ghettos de vieillards.

Pour Théo, tout ça ne tient pas debout, je suis naïve, je n'y connais rien et si je donne des leçons, c'est par culpabilité d'avoir placé Majo. Pourquoi prend-il ce ton cassant ?

— C'est pour t'ouvrir les yeux, ma chérie : tu me fais marrer avec tes plans troisième âge. Personne ne voudra jamais s'y coller ! Les politiques se refilent la patate chaude, et nous, quand veux-tu qu'on s'en occupe ? Jeune, tu as ta vie à faire, ensuite des gosses à élever, tu enchaînes avec les petits-enfants, opération coup de main permanent, et quand tu lèves le nez, tu es vieux. Tu ne peux plus t'occuper du problème : tu *es* le problème !

Théo allume une cigarette et pour une fois je tends la main vers le paquet.

— Il y a peut-être un créneau, sourit-il. À 49 ans et demi, c'est jouable.

Puis, d'une voix douce, il ajoute :

— Ne m'en veux pas, mais j'ai fini de croire à une vie meilleure.

Moi, j'ai envie de lui dire qu'il ne rêve plus, lui qui se vantait d'avoir lâché son poste de biologiste pour voir du pays. Depuis qu'il est revenu d'Argentine son job consiste à promener des clébards. Un cheptel de canins luxueux. « Du provisoire », dit-il, seulement rien ne change – il attend quoi, il attend qui ?

Tous les matins Théo récupère les chiens et après avoir déposé Lucie à l'école je le rejoins au Bois le temps de quelques allées ensemble. Il vérifie la bonne entente des cinq bêtes dont il a la charge, veillant à ne pas emmêler les laisses. J'ai un faible pour le lévrier afghan prénommé Mikhalkov par son maître cinéphile.

Le rite veut que Théo parte courir seul à la fin de la balade et je marche derrière lui. J'aime regarder Théo. Des fesses admirables. Les fesses de Théo à la lumière du matin sont une preuve de l'existence de Dieu.

Le séjour de Majo aux Œillets poursuit ses oscillations mystérieuses. D'un moment à l'autre elle est mieux ou moins bien. Ses jours dépendent de ses nuits. Un sommeil en pointillé qu'on charge en pilules pour la paix des sonnettes. Certains matins pourtant il ne lui manque que les jambes.

Il y a aussi les accès de révolte, comme cet après-midi où je la trouve dans le salon à « l'atelier floral ». On l'y a installée d'office avec les autres. Une animatrice s'escrime de son mieux :

— Allons, madame B., il est bien, votre bouquet.

— Ça ne m'intéresse pas !

J'aperçois un verre où se battent en duel trois fleurettes importation Kenya. C'est une des « séances-loisirs » destinées à mettre ces dames en contact pour les sortir de l'hypnose télévisée qui rebondit de chambre en chambre. La réplique de ma vieille a jeté un froid.

— Votre amie, Mme Trichard, elle n'en fait pas une histoire !

— Elle ne m'intéresse pas non plus.

J'embarque Majo et tente de la calmer, mais on frappe déjà à la porte – retour du pauvre bouquet sur la table de nuit. Je crains le pire, à tort :

— Tu as vu ? dit-elle, béate. Ils nous offrent des fleurs !

Parfois au contraire tout se passe mieux : « ce coquin de Jean-Louis » lui raconte des blagues, Nina a « de la conversation », elle cherche la suite d'un poème.

— Vérifie dans ton machin !

Elle rit, je ris aussi. On annonce une « conférence philo » animée par un bénévole : *Comment vivre heureux dans un monde qu'on ne comprend pas.* Majo me presse de partir et de prévenir Nina pour qu'elle la descende à temps. Pas question d'être en retard.

Le docteur Sinatra me félicite dans le couloir : j'ai su m'y prendre, Mme B. est plus active.

— Bonne évolution, on reste en réflexion pour la suite.

« En réflexion pour la suite. » Je repense au soulagement de l'admission : il m'avait semblé qu'au terme d'un long parcours nous arrivions quelque part, non que nous étions au début d'autre chose. Je croise souvent les familles des nouveaux résidents à leur premier entretien avec leur vieux ou leur vieille, tête basse et corps serré. Je connais la chanson, moka d'Éthiopie, apéritif et Mazzini. On croit remettre la roue dans le monde des bien-portants, ignorants que nous sommes de « la suite ».

Dans le bus bondé du retour je vois les gens collés les uns aux autres, vacillant au gré des mouvements de la circulation. Ils pensent à leur journée, au coup de fil qu'ils ont oublié, à la course à faire pour le dîner. Et puis il y en a un, peut-être plusieurs, qui se demande comment ça va se passer pour son père ou sa mère. D'autres ont connu il y a des années déjà ce que je traverse avec Majo. Tous ceux de mon âge n'y sont pas encore rendus, quelle chance. Et puis il y a ceux qui ont perdu un père ou une mère, les deux parfois, trop tôt : leur âge aujourd'hui dépasse celui qu'avaient leurs parents quand ils ont disparu. Je pense à eux avant de m'apercevoir que c'est mon cas. Je suis une fille qui a perdu sa mère.

Il s'est remis à pleuvoir ; d'étranges grosses gouttes de pays chaud s'écrasent sur la vitre.

En kiné, « on travaille ». Le mot perdure jusqu'ici.

Sur le linoléum bleu les patients effectuent leur parcours sans un mot. Le duel avec le temps est un film muet.

Majo n'en est pas encore là : il s'agit pour elle de se maintenir entre les barres parallèles tandis que Jean-Louis la tient par la ceinture du pantalon. Il lui demande de pousser sur ses jambes, de sentir le poids de son corps. Parce qu'en plus elle doit en sentir le poids ? Avancer le pied, elle y parvient mal et coupe l'axe médian :

— Ne croisez pas, madame B., ne croisez pas !

Quel effort pour ramener l'autre jambe nouée à l'arrière, avec ce bras mort qui manque de la jeter par terre. Elle essaie, essaie encore. Depuis notre conversation elle fait des efforts d'alpiniste pour fournir ce que j'ai exigé, moi qui la regarde sur le pas de la porte.

C'est ce que le docteur Sinatra appelle « monter en puissance sur la motricité ».

Je ne lui dirai pas que je l'ai vue. J'attendrai qu'on l'ait reconduite à la chambre, qu'elle ait récupéré son souffle et son visage pour apparaître. Je ne lui demanderai pas si la kiné s'est bien passée.

Cette image de Majo titubant entre deux barres, comment faire pour ne pas la rapporter à la maison ? Le soir, pour peu que Théo non plus n'ait pas vécu la meilleure des journées, nous sommes pour Lucie des adultes tristes. Je pense aux résidents couchés, télés éteintes. Je vois le corps maigre de Majo embarquant dans la pénombre. J'imagine l'équipe de nuit, un certain Sylvain au gabarit de rugbyman, dont Mazzini dit grand bien, avec un petit gros surnommé sergent Garcia. Quand ils sont là, nous n'y sommes pas. Ils n'existent pas pour les familles. Quand je pense au personnel des Œillets, ce sont des visages de filles qui me viennent à l'esprit. Chez les bébés comme chez les vieux, il y a les femmes, les femmes aux deux bouts de la vie. Pauvre salaire, faible statut et mal de dos. Une bonne heure de transport pour rentrer, puis la deuxième journée avec les gosses. Il devient difficile d'être formidable.

— Et encore, dans ta boîte de luxe, dit Théo, si ça ne va plus on les remplace, mais ailleurs ?

Je me lance à nouveau : les filles, il faudrait mieux les payer, réduire leur temps de travail, prévoir une formation réactualisée sur les soins. Dans des maisons de quartier, elles seraient recrutées près de chez elles au lieu de débarquer exsangues du fin fond des banlieues.

— Elles n'auraient pas à changer de poste au gré des contrats, elles auraient une carrière municipale, un truc dans ce genre, tu vois ?

Théo m'arrête net, consterné :

— Une carrière municipale ! Tu rêves les yeux ouverts, ma pauvre.

La main paralysée a gonflé : l'alliance devient dangereuse, trop serrée, impossible à retirer. La couper ? Majo est catégorique :

— Pas de ça, Lisette !

Je ne suis pas chaude non plus, il ne manquerait plus qu'ayant perdu ses jambes et sa maison elle tombe en tronçons de part et d'autre de l'anneau conjugal.

Les jours passent, l'alliance demeure. Majo refuse toute tentative de retrait et la menace du dentier volant plane encore. Le personnel n'est pas autorisé à utiliser des outils tranchants, on insiste pour que je m'y colle :

— Essayez en lui coupant les ongles, un peu de crème et vous la faites glisser !

Difficile d'infantiliser Majo, autrefois très manucure. Je revois les allers-retours d'un polissoir qui parachevait de nacre les doigts si soignés, j'aimais ces moments-là, nous en profitions pour bavarder. Le monde était tenu, les choses à leur place.

Christiane s'énerve :

— Autrefois peut-être, mais là on est au bord du garrot.

La menace est efficace : je me décide et sors mon arme pour attaquer les premiers ongles. Les éclats jaillissent net. Majo s'amuse :

— Côté gauche, tu peux couper au ras du poignet.

Ses mains sont confiantes dans les miennes. Nous en sommes bientôt aux finitions : coups de lime, bâtonnet de buis sur les cuticules, polissage au tampon de daim. Je suis fière, Majo est ravie. C'est en voyant le visage désolé de Christiane que je comprends. J'ai oublié d'enlever l'alliance.

Le lendemain, l'objet du délit est scié sur intervention du docteur S. Curieusement, Majo n'en fait plus une affaire :

— Ton docteur Courant d'air m'a bien rafraîchie.

Je dois récupérer la chose auprès de la « responsable du coffre », autrement dit à la loge. Sans lâcher son tricot, la gardienne scrute les écrans de contrôle : charge lui revient de plaquer au sol l'Alzheimer fugueur. Comparée à une telle mission, la gestion des babioles conjugales ne pèse pas lourd.

— Les filles l'ont foutue dans un pansement, soupire-t-elle, pas moyen de décoller ce truc !

Elle me balancerait bien le Micropore, mais le règlement suppose que je signe un registre. Nos yeux se croisent. Ce genre d'échange où la part humaine de chacun est absente.

J'ai oublié l'alliance dans la poche de mon jean. Un miracle de la récupérer à la lessive, déshabillée de sa gangue par les détersifs. Brillante comme au jour du mariage.

Je retourne parfois avenue Parmentier. Quand j'ouvre les volets, je devine à l'usure de la peinture où Majo posait les mains, je revois son effort pour soulever la clenche récalcitrante. La lumière visite les meubles désertés, les objets fidèles. La collection de vases bleus. Des photos de jeunesse, plus éloignées de moi que les cerfs nageant sur les murs de Lascaux.

À chaque fois je m'assois au bureau, un bureau du temps où les gens achetaient des « antiquités », avec un sous-main qu'elle bourrait de feuilles griffonnées. À ce bureau j'ai vu Majo écrire des recettes, des citations, des cartes de visite, des mots pour l'école, des mots pour les naissances et des mots pour les deuils, des noms de médicaments et des titres de livres.

À chacun de mes passages avenue Parmentier, le voisin, M. Poinsot, monte demander des nouvelles. Pourquoi traverser Paris, insiste-t-il, au lieu de lui confier une clé ? La grande affaire de ce veuf increvable est de surveiller l'immeuble. Théo n'était pas son genre : il le soupçonnait de passer chez Majo pour semer en douce du cannabis sur le balcon.

Un soir une lubie m'a saisie :

— On va passer à la culture intensive, monsieur Poinsot, maintenant qu'on a les mains libres.

— Pardon ?

— On va même installer des projecteurs solaires.

— Vous avez l'imagination de votre grand-mère !

Qu'est-ce qu'il en savait, de l'imagination de ma grand-mère ?

J'avais une bonne raison d'en vouloir à Poinsot. Après l'accident de Majo, il s'était étonné que je n'aie pas remarqué sa paupière tombante :

— Il fallait consulter, ma petite.

Ce même soir j'étais passée chez notre boulangère prendre une de ses fameuses tartes aux abricots que j'apporterais au travail pour l'anniversaire du docteur Buchwelt. Pourtant je n'avais pas le cœur à la fête, la phrase me revenant en boucle : « Il fallait consulter, ma petite. »

— Pas trop sucrée, parfaite, avait déclaré Buchwelt, les trois quarts de la tarte avalés. Vous n'en voulez pas ? Ce crétin de Poinçon vous a coupé l'appétit ?

Je rectifiai : « Ce crétin de Poinsot », n'empêche qu'il avait raison, je n'avais pas été à la hauteur. La fatigue de Majo, sa dénutrition à force de jeter par filets entiers les soles dont elle raffolait d'ordinaire. Son indifférence nouvelle au sort du monde. Est-ce que je n'aurais pas dû demander un bilan ?

Le docteur Buchwelt endura mes autoflagellations post-Poinsot avant de lancer :

— Vous voulez maîtriser la vie, Chloé ? Vous l'avez maîtrisée, à la naissance de votre fille ? Et vous voudriez être indispensable à la mort ? Fuyez ce M. Poisson.

Désormais je gagne l'appartement de Majo le cœur lourd. Pourtant j'aime y aller, m'asseoir à son bureau, toucher le sous-main. Errer d'une pièce à l'autre, ouvrir des tiroirs. Chacun de ces meubles et de ces objets appartient encore à un être vivant.

On m'a conseillé d'apporter aux Œillets des choses auxquelles Majo tenait. Une photo, un bibelot. Avenue Parmentier, je fixe un à un les occupants muets, pièce après pièce, comme si l'un d'entre eux allait se désigner. Soudain, l'idée me vient : son poste de radio ! Le trait d'union idéal avec sa vie d'avant. J'ai bloqué d'un bout de Scotch la touche volume pour ne pas gêner les chambres voisines. Regard navré de Nina. Majo n'aura pas un œil pour le « transistor » de ses siestes et de ses nuits blanches. J'ignorais encore que personne aux Œillets n'est assez en forme pour suivre des voix sans visage. Nulle part dans l'établissement on n'entend de radio.

Le Long m'attend à la cafétéria, en compagnie d'une dame à la mise en plis casque d'or et de deux messieurs assez gris.

— Appelez-moi Emma, dit bientôt la Castafiore tout sourire. Trois ans que je viens pour maman, je suis presque une fille de la maison.

À peine sommes-nous assis qu'elle y va bille en tête :

— Alors vous voulez faire quelque chose pour nos anciens, mademoiselle ? Inscrivez-vous avec moi au conseil de la Vie sociale : ça nous fera du sang neuf !

Désignant le pépé maigrichon elle ajoute :

— Chopinot ne peut pas, il porte sa croix.

Puis, pointant du menton le troisième comparse :

— Quant à ce pauvre Fernando, il est en froid avec Senepax.

Tandis que Le Long file au distributeur, assisté des deux compères, elle reprend :

— J'oublie que vous êtes nouvelle : Senepax, c'est le groupe qui coiffe les Œillets et une vingtaine d'établissements du même genre. Un consortium coté en Bourse et tout le tralala, mais au moins chez nous il y a une vraie ouverture au dialogue, si on sait s'y prendre bien sûr.

Et de souffler, la main sur mon avant-bras :

— Vous seriez utile à la commission d'hygiène, par exemple, une belle responsabilité. Le gaz retenu pour la désinfection est cancérigène : ce n'est pas parce que les gens âgés n'ont plus le temps de développer grand-chose qu'il faut se laisser aller !

Ma propre voix me surprend :

— À vrai dire je pensais plutôt à une autre forme d'action.

Emma me scrute comme un ciel d'orage.

J'étais incapable de décrocher un mot et voilà que je ne parviens plus à endiguer un flot de phrases : est-ce qu'il ne faudrait pas faire mieux circuler la parole entre nous et avec les soignants, sortir davantage les résidents, les remettre dans la vie ?

Ces messieurs nous rejoignent avec les gobelets. Emma coupe court, la bouche pincée :

— C'est en faisant les choses qu'on voit celles qu'on peut faire, ma petite !

Voilà pourquoi on ne retient pas mon prénom ici : je suis la petite de tout le monde.

— Excusez Emma, me confie Le Long quand nous nous retrouvons en tête à tête dans l'ascenseur. Elle fait la fière, mais ici on est bons pour la trouille, tous, elle comme nous.

« On est bons pour la trouille. » Cette femme énergique, pour qui rien ne semble avoir de secret, il est possible qu'elle ait peur, elle aussi ? Si je n'en mène pas large, les vieux enfants sont terrifiés. Ceux qui pourraient être mes parents. Ils voient à la fois ce qu'ils vont perdre et ce qu'ils vont devenir. Leurs sourires claquent des dents.

Je commence à les connaître. J'ai vu les heureux provisoires et les inconsolables, apportant des cadeaux ou remportant des valises. J'ai longé des tempêtes dans le bocal de Christiane, le fils ou la fille de, enragé ou désarmé, élevant la voix ou chuchotant, et Christiane écoutant, patiente, les yeux énormes dans la loupe de ses lunettes. Nous nous observons à la lisière des chambres. Nous partageons des ascenseurs, chacun regardant ses pieds, la fatigue et le chagrin cognant les visages sur les miroirs de la cabine.

Et il y a ceux qu'on ne voit pas. Ceux qui ne viennent pas ou si peu, les rancuniers, les fâchés. Ceux qui se débinent, ceux qui ne peuvent pas, qui n'ont pas le temps, qui trouvent que ça ne sert à rien. Ceux qui pensent que ça fatigue, que ça ne fait plus plaisir, leur sœur ou leur frère saura mieux, l'autre habite plus près, il a moins d'enfants, il a toujours été le chouchou. La foule de ceux qu'on ne voit pas. Qui ne parlent pas. Qui laissent seuls au monde ceux qui les y ont mis. Qui se le reprochent, parfois, ou même pas. Ceux qui lâchent font aussi partie du tableau.

Et moi je prétends débarquer avec ma révolte à deux balles et des idées qui n'en sont pas ? « La petite ne se rend pas compte », c'est ce qu'ils diraient, tous.

Pourtant je me rends compte.

La peur. Voilà pourquoi je veux faire quelque chose et pourquoi personne ne veut faire quoi que ce soit.

Souvent je quitte la chambre et je rôde. Surtout quand Majo fait ses lignes d'écriture. Je vais voir dans les étages comment la vie se débrouille pour durer.

En quelques semaines j'ai surpris des coups de colère en créole, des larmes de fiston en cravate, des refrains chantonnés dans le vide. Le regard myosotis de cette vieille dame qui marche cramponnée à la rampe. Les longs silences, les grésillements des téléviseurs par les portes entrouvertes.

Pour déambuler sans intriguer je fais mine d'aller m'en griller une. Je gagne le palier de l'escalier de secours, celui des aides-soignantes fumeuses. Je suis chez elles. Au début on se taisait, puis le flot des conversations m'a entraînée. Il y a une fille que j'aime bien, Roxane. Sa blouse est festonnée de pinces à cheveux multicolores, une seule d'entre elles soulevant en ananas une épaisse chevelure d'un rouge flamboyant. Avec son frère Richard elle travaille aux transferts – de leur vitesse à gagner un hôpital dépendent les vies finissantes : « Si vous ne me voyez pas, réjouissez-vous ! » Son franc-parler tranche avec la tiédeur générale : les gens d'ici s'expriment sur des patins de feutre pour parquets fragiles. Roxane ne se gêne pas pour débiner Laplage, surnommée « The Beach », quand ce n'est pas « The Bitch ». Ses copines prennent des airs effarés. J'aime ces rires : je rêverais qu'envolés avec la fumée des cigarettes ils se glissent en souffle de gaieté dans les chambres voisines.

Comme je regagne la chambre de Majo, j'entends qu'on m'appelle à voix basse dans l'entrebâillement d'une porte : M. Chopinot.

— Vous ne devriez pas fumer, mademoiselle !

Ce petit bonhomme tout maigre me présente à son épouse, dont le corps énorme menace de déborder du lit.

— Chloé, la jeune femme dont je t'ai parlé.

Aucune réaction.

— Elle souffre aujourd'hui.

Ma vieille à moi ne souffre pas. J'ai de la chance. Elle va mieux et s'est remise à la lecture. Je peux maintenant espacer un peu les visites et changer de lunettes. Ôter ce verre mauve devant les yeux. Ce mauve des permanentes quatrième âge qu'Angélique, coiffeuse aux Œillets, continue à faire comme on n'ose plus au fond des campagnes. C'est que tout devient mauve, dans la rue, au travail : partout je ne vois plus que les vieux.

Je remarque le monsieur qui va acheter sa baguette à pas comptés avec son imper luisant d'usure, inadapté au temps qu'il fait. La dame bien mise et cabossée qui tenait autrefois un restaurant, je la vois tirer à bout de souffle son caddie jusqu'au marché. « Non, merci, tout va bien », m'a-t-elle dit comme je voulais l'aider. Un regard d'un vert magnifique souligné d'un crayon hésitant. Un regard net, désencombré – libre.

Même au boulot la salle d'attente a changé. Les yeux du vieux chien : fidélité ou dégénérescence maculaire ? N'a-t-il pas sous les poils une sorte de masque comme nos vieillards ? Comment les animaux s'y prennent-ils avec la mort ? « On les soulage, m'avait dit Buchwelt, sinon on abrège. Peu de soins palliatifs chez nous. » Et autrement, dans la nature ? « Dans la nature les bêtes s'en vont. »

« Dans la nature les bêtes s'en vont. » Où partent donc les êtres humains ? Un matin j'ai posé la question à Buchwelt :

— N'y pensez pas, Chloé, laissez faire. Il faut apprendre à laisser faire.

Je le crois volontiers quand il parle. Un jour j'ai rêvé que nous faisions l'amour dans la salle d'attente. Où suis-je allée chercher notre attelage dansant, cette parfaite entente de nos corps ? Je n'éprouve pas d'attirance pour Buchwelt et il ne montre pas la moindre équivoque à mon égard. L'odeur de sa peau dans mon rêve me revient, bien qu'il soit dans les faits nimbé de ce désinfectant qui gagne la clinique tout entière.

— Les humains aussi s'en vont, Chloé. Parfois en douceur, sur la pointe des pieds. Ça ressemblerait à Majo. Cette bonne soirée, au réveillon ! Quand je l'ai invitée à danser elle m'a sorti : « Je valse comme un prof de lettres classiques. » Votre fille s'est endormie sur le tapis, on lui a fait une sorte de tente avec une nappe à carreaux, vous vous rappelez ?

Il m'a souri avec ce clignement d'yeux qui dit « à tout à l'heure », m'épargnant sa plaisanterie rituelle : « Vous me rapporterez une chute. » La chute, terme technique désignant le fragment de météorite qu'il réclame depuis mon entretien d'embauche. Il s'était passionné pour mes recherches sur le péridot : je ne parle pas de la pierre précieuse des joailliers, mais du silicate de magnésium qui forme l'essentiel du manteau terrestre. Nous en avions oublié l'heure, emportés par nos divagations tectoniques, jusqu'à ce qu'enfin il tranche : « Vous commencez lundi. » Il n'avait même pas consulté « les transparents », ainsi qu'il nomme ses confrères que j'aperçois entre deux portes. Buchwelt m'aime bien et ne me refuse rien – à condition qu'un jour, enfin envolée au Chili, je veille à lui envoyer « une chute ».

Majo se souvient-elle du docteur Buchwelt ?

— Bien sûr. Il y a deux ans tu l'as invité au réveillon, il avait apporté une drôle de bouteille de vin. Du bouzy ! Lucie s'était endormie par terre, tu as mis des chaises pour que les gens la contournent. Tu perds la tête ou quoi ?

Majo bien en forme, je décide de lui lire quelques pages de ce Tolstoï qu'elle aime tant, *Enfance et adolescence*. Elle me le lisait le soir quand j'étais en quatrième, s'arrêtant pour m'éplucher un quartier de pomme puis reprenant. En ce temps-là elle s'asseyait près de mon lit, comme maintenant je m'installe contre son fauteuil. Je lirai longtemps. Majo ne montrera rien, me relançant juste des yeux quand je lèverai les miens.

Aux Œillets j'ai fini par repérer un banc près de l'entrée. Un banc pris d'assaut par le personnel du matin si j'en juge aux mégots qui l'entourent. Depuis qu'il fait trop frais pour descendre au jardin, je m'y assois cinq minutes avant de monter dans la chambre. Si j'ai enfin remarqué ce banc, c'est parce que Majo va mieux : le regard m'est rendu plus large. Même chose pour l'école maternelle voisine dont je n'avais pas vu les fleurs de papier collées aux vitres. Désormais j'écoute les cris joyeux à l'heure des sorties. Les débutants de l'existence près des vieux invisibles.

Posée là, je bois les yeux fermés la moindre lumière qui passe. Tièdes horizons de peau, rêveries de chat, mousse vert bronze au-dessus des murets, campagne de mes vacances.

La lumière est une bonté du monde.

Un soir, comme je remontais la rue en direction du bus, j'entendis des pas précipités derrière moi : Emma.

— Cachottière, me dit-elle, vous ne m'aviez pas dit que nos mères étaient copines ?

Je restai sans voix.

— Mme Trichard, c'est la mienne ! Si vous aviez lu ma brochure sur le conseil de la Vie sociale, vous auriez fait le rapprochement.

Je fixai Emma en cherchant à quel visage des goûters elle pouvait faire écho : aucun ne me revenait. Nous nous croisions rarement dans les couloirs, jamais dans le grand salon. Je n'étais pas sûre d'avoir vu ensemble la mère et la fille. Ni même d'identifier Mme Trichard parmi les vieilles dames.

Le lendemain, je trouvai effectivement Majo en conversation avec une autre pensionnaire. Une dame maigre, élégante, qu'éclairait un foulard fuchsia. Mme Trichard mère.

— C'est comme une ville ici, fit Nina, on voit les gens sans les connaître.

Emma avait profité de l'occasion pour me reparler du fameux conseil. Je m'étais défilée, mais elle me coinça à la cafétéria :

— Vous préférez agir par vous-même, ma petite ? J'ai ce qu'il vous faut ! Vous vous rappelez Fernando, que je vous ai présenté l'autre jour ? Il est bien embêté pour sa mère.

Mme Almeida devait changer d'établissement : la famille ne pouvait plus suivre les tarifs. Pour les vieillards l'expression « le compte est bon » change de sens. Le compte en banque est bon. Ou mauvais. Aussi avait-il fallu postuler en liste d'attente à Saint-Joseph-des-Chênes, près de Melun. J'explosai : Saint-Joseph-des-Chênes, le Pavillon des Cèdres, ce qu'on n'inventait pas pour faire joli ! Emma haussa les épaules : on n'allait quand même pas dire Résidence des Pieds Devant ou Le Clos des Croulants ?

— Le problème n'est pas là, Chloé. Le problème, c'est cette liste d'attente : Laplage ne veut pas lâcher le moindre délai. Je dois plaider la cause demain. Venez avec moi. Vous serez sa mauvaise conscience. La jeunesse sait faire ce genre de choses.

Comme j'hésitais, elle m'acheva d'un coup sec :

— Si je comprends bien, vous réclamez des révolutions, mais vous laissez le boulot aux autres.

Quand Laplage me vit avec Emma au rendez-vous, elle parut surprise mais garda cet air affable qu'elle briquait avec soin. Tout son bureau imitait du Louis quelque chose en dorures et vernis de pacotille, avec en vitrine d'incongrues coupes et médailles comme dans les clubs de sport. Laplage nous coupa l'herbe sous le pied :

— C'est bien que M. Almeida ait choisi pour sa maman un établissement mieux adapté.

— Adapté à quoi ? fis-je.

— À son budget, mademoiselle.

Comme Emma se défaisait, je sonnai la charge : on ne pouvait pas lui faire une avance ? Savait-elle à quel geste le désespoir peut conduire les gens ? Quelle image pour Senepax sur les réseaux sociaux et ailleurs ? Laplage m'écouta, les yeux perdus sur son écran. Est-ce que je n'étais pas allée trop loin ?

— On va s'arranger, fit-elle enfin.

Elle nous confirmerait le sursis dans les meilleurs délais.

En sortant Emma triompha :

— Bravo, ma petite !

Mais je tremblais. La dame a bien voulu se charger de ta vieille, l'a choisie dans toute une pile d'antiquités humaines, et tu la maltraites ?

Somme toute, Laplage n'était pas une mauvaise femme : elle gérait son fonds de commerce avec une touche humaniste, comme pour ces mayonnaises qu'on relève d'une pointe de piment. Le maillon passif d'un système qui la paie et la dépasse. L'invention ne relève pas de ses compétences, et quand bien même aurait-elle à son échelle tenté quoi que ce soit, Senepax l'aurait remise dans l'axe des dividendes. Je tournais comme elle dans la machinerie générale, partie prenante d'un monde que j'étais incapable d'accepter et incapable d'améliorer.

Je n'avais pas le beau rôle qu'Emma voulait m'attribuer. Personne n'avait le beau rôle. Le beau rôle n'existait pas.

Nouveau tangage : le docteur S. programme d'urgence une radio du bassin. Douleurs nocturnes depuis une semaine, la prothèse de hanche a pu bouger. Une semaine et on ne m'en a pas parlé ?

— Elle, elle vous a dit quelque chose ?

Majo ne se plaint jamais, mais comment ça, une prothèse ?

— Côté gauche, il y a huit ans.

Majo a été opérée de la hanche il y a huit ans et je ne m'en souviens pas ? Elle a dû être hospitalisée, suivre une rééducation : qui d'autre que moi a pu s'occuper d'elle ?

J'avais alors 26 ans et 26 tonnes de passions diverses, mais comment ça a pu me sortir de la tête ?

J'en parle à Alice dans ce restaurant qui sert selon elle le meilleur gratin dauphinois de tous les temps. J'ai droit à un cours sur la mémoire sélective, les oscillations cérébrales entre l'hippocampe et le cortex préfrontal, le tout ponctué d'agitations de mains dans un grelot de bracelets du monde entier.

— Trinquons à l'oubli, dit-elle. C'est lui qui rend la vie meilleure.

Nous échangeons les nouvelles : passé son couplet bienveillant sur ma situation d'« aidante », je la retrouve rieuse, fourmillante de récits comme d'habitude – mais quel est cet effort nouveau que je fais pour l'écouter ? J'aimais les potins du journal, les montagnes russes de ses amours. Nos considérations sur la société, nos brassages d'idéaux divers. Pourquoi je ne considère plus, pourquoi je ne brasse rien ? La conversation retombe.

— C'est drôle, dis-je d'un coup, Majo m'a demandé de lui rapporter son sous-main en cuir, bourré de tout un tas de trucs. J'ai commencé à me faire un cinéma. À me raconter qu'elle avait des photos de ma mère à me montrer, des lettres.

— Et alors ? dit Alice tandis qu'on nous apporte le gratin dauphinois.

Elle traverse tout Paris parce qu'ici ils le font à la noix de muscade, ce que je réprouve : ainsi va notre jeu.

— Alors rien. Des listes de courses, un ticket de pressing, rien. C'est le même sous-main, sur le même bureau, qu'elle veut, mais d'une autre époque. Même le passé n'est plus celui qu'elle veut.

Alice se régale :

— Tu n'aimes toujours pas, ma Chloé ?

Ça me scie qu'à notre époque, où on tremble pour la calotte glaciaire et le bilan carbone, elle garde une telle foi dans la noix de muscade. Je laisse la tristesse me monter aux lèvres :

— Dire que ça nous arrivera, la vieillesse, si tout va bien.

Alice pose ses couverts et plante ses yeux dans les miens :

— Écoute-moi. Majo ne va pas si mal, elle se bat, et dans les meilleures conditions. Pense à toi. Tu as 34 ans, une fille extra, une thèse à finir et une vie à refaire : bouge. Viens avec moi samedi. Une soirée privée au château de Versailles, ça ne se refuse pas !

Comment lui dire que j'en ai soupé, des soirées inutiles et des pince-fesses qui ne pincent rien. Elle enfile son manteau. Je prends l'addition. Il faut que je paie. Elle me la chipe avec rage :

— À t'entendre on n'a plus qu'à acheter un déambulateur. Fais un effort, je t'en prie.

Je sors à mon tour, Alice ne se retourne pas, je cours et la saisis par l'épaule :

— Je suis désolée.

Les passants nous regardent. Alice aussi me regarde, comme au temps du lycée, quand le plus maigre de nos chagrins nous semblait énorme. Nous restons dans les bras l'une de l'autre. Je sens la main d'Alice qui va et vient sur mon dos, ses cheveux qui se collent à ma tempe, et je respire son parfum, celui de la légèreté perdue.

— Va à la mer, ma chérie, me dit-elle. La mer te fera du bien. Je te file les clés de Barneville. Pars ce week-end avec Lucie, il ne va rien se passer. Va à la mer.

Et j'ai écouté Alice. J'ai emmené ma fille en week-end.

Alice a une maison au-dessus de Honfleur, une chaumière de carte postale avec un toit de chaume et des iris sur la faîtière. J'y suis allée si souvent qu'il me suffit d'y penser pour sentir l'odeur de l'huile de lin sur les tomettes et des pommes mûres sur les claies de la resserre.

J'ai demandé à Majo si je pouvais la laisser, ça l'a fait rire :

— La mer, c'est la meilleure raison pour tout.

Quand j'ai dit « Barneville », elle n'a rien ajouté, mais je suis sûre qu'un paysage lui est revenu, de cette Normandie qu'elle a arpentée pendant des années.

Majo louait chaque été une maison de pêcheur à Honfleur. Du haut de mon adolescence, je rouspétais : « Encore Honfleur ! » Toujours les mêmes promenades et cette plage en terrain vague.

Je m'abîmais dans des lectures mais la Majo d'alors m'entraînait, cavalant de ruelles en sentiers, de marchés en marées basses. Combien de fois l'ai-je entendue dire que ces vacances-là avaient été les plus belles de sa vie, quand, parties de Trouville, arrêt du car au casino, nous revenions à pied de plage en plage, rusant avec les marées, les averses et les fringales ? Elle pouvait encore citer le nom de la chapelle Notre-Dame-de-Grâce qui surplombe les cuves des raffineries du Havre.

À l'arrivée, Lucie ne tenait pas en place. J'ai acheté des bottes, un cerf-volant, et nous sommes descendues sur la plage de Deauville, tout au bout, là où la ville s'oublie. Nous y sommes retournées pour marcher au bord de l'eau, avec et sans soleil. Nous avons joué au ballon comme je l'avais fait avec ma mère du temps où nous étions une famille. Ma mère dont le visage reste flou sans qu'aucune photo ne parvienne à le rapprocher de moi. D'elle demeure le sentiment d'une présence chaude et vaste, avec l'impression que la mer se tenait là, derrière nous.

Ivre de joie Lucie ne sentait pas le froid, mais le temps changeait, je convoitais un sentier en campagne, à l'abri des haies. J'ai appelé Théo en grelottant dans mon ciré :

— Je les ai toutes faites, les balades, par ici. Tu le sais, depuis le temps que je te raconte ma vie.

D'où sortait donc cette expression, « depuis le temps que je te raconte ma vie » ? Je m'en mordais les lèvres : attention, pas de ça, Lisette, vous n'êtes pas nés en colocation tous les deux ! Que Théo rencontre quelqu'un, et il te laisse. Que tu le fatigues un peu plus, et il se tire.

Pourtant je regrettais qu'il ne soit pas avec nous. Lucie n'aurait pas levé les yeux au ciel devant les fils emmêlés du cerf-volant, parce que je suis sans patience et que Théo s'en serait sorti mieux que moi. Seulement, si Lucie s'est tout de suite attachée à lui, elle a un père : là encore, attention.

J'allais ainsi d'une pensée à une autre tout opposée, ma tête livrée elle aussi au mouvement des vagues.

J'ai eu le plus grand mal durant ces deux jours à convaincre Lucie de faire la sieste. La laissant au lit avec sa peluche je m'esquivais dans le jardin. Le vent y lâchait prise, je retrouvais la mare qui s'endormait en cette fin de saison, la délicieuse odeur des coings tombés pourrissant parmi les herbes hautes. Je n'avais pas fait dix pas que Lucie surgissait derrière moi :

— On y va, à la mer ?

Le dernier après-midi nous sommes repassées par Honfleur : j'avais remarqué sur le quai un manège comme Lucie les adore, avec ses faux chevaux anciens, ses pseudo-carrosses clignotants et sa musique de foire. Les plus grands des enfants se battaient pour arracher cette queue de je-ne-sais-quoi qui leur offrait un tour gratuit. Ma fille les regardait à peine, tout envahie de ce monde de lumières qui l'emportait dans la ronde. Je l'appelais à chaque tour, elle me faisait un signe avant d'oublier que j'étais là, je buvais des yeux son visage ardent : c'était bon, de vivre.

Bientôt il nous resta tout juste le temps d'une crêperie avant de reprendre l'autoroute. Le week-end finissait sans que je me sois une seule fois inquiétée pour Majo. Ce qui m'était revenu de tous ces moments vécus ici avec elle, je l'avais accueilli sans tristesse. Cette fois, dans l'ombre portée du départ, je n'en menais pas large. Honfleur se vidait, la nuit tombait : aux Œillets les portes des chambres étaient déjà fermées. Quel nouveau coup dur allait m'être annoncé, dès demain peut-être ? Les fenêtres allumées sur le port me serraient le cœur : pourquoi n'y a-t-il pas au monde une région de bienheureux où s'embrasser entre gens éternels ?

Lucie dessinait sur la nappe en papier. Pleine de sommeil, elle retenait ce brin de souffle où filerait bientôt le cerf-volant d'un rêve.

Lundi matin à la première heure, rendez-vous avec le docteur S. La radio est bonne, la prothèse intacte.

— Les douleurs, ça va, ça vient.

Une phrase fréquente pour les vieux, « ça va, ça vient », le dernier mouvement qui leur reste.

— Nous avons commandé un fauteuil plus confortable.

J'écoute, aspirée par la photo de famille dans son cadre. Le docteur se lève, un sourire aux lèvres :

— J'ai une bonne nouvelle pour vous. Côté kiné on ne crève pas le plafond, mais le bilan cognitif est excellent. Nous envisageons une installation dans l'aile sud. Les chambres y sont plus agréables, à tarif constant, on les réserve aux résidents en voie de consolidation. Mme B. gardera la même équipe et Christiane en référente, aucun risque de désorientation. C'est un bon signal psychologique et elle en a besoin.

Manifestement, je suis supposée resplendir à cette idée, mais je ne peux pas. J'ai perdu l'habitude de tout projet avec mon ancêtre, si ce n'est l'amener de mon mieux au jour suivant. Le docteur S. attend des mots qui ne me viennent pas.

— Nous avons une psychologue, vous devriez la voir, elle sait aider les familles.

Puis elle ajoute en me serrant la main :

— Pour l'aile sud, soyez discrète, vous feriez des envieux.

Une euphorie retardataire me soulève dans la rue : Majo « en voie de consolidation » ! Elle a surmonté le contrecoup, ce mot qu'on a souvent à la bouche, comme si la vieillesse n'était pas le contrecoup de la vie. Alice a raison : ma vieille se bat, elle va mieux, elle est increvable. Je me surprends à sourire dans le bus : mon visage me fait l'impression de craquer comme quand on garde trop longtemps un masque désincrustant.

J'arrive en retard à la clinique. Kiki-la-doucette poireaute devant la porte, Kiki-la-doucette, représentante en croquettes. Une cinquantaine d'années, trois reconversions, un divorce, un club de zumba. Du classique. J'ouvre à peine la porte qu'elle se lance sur les dangers du tartre, les risques de déchaussement, comme s'il y allait de ses propres dents.

— Nous, clame-t-elle, nous, on a le nutriment qui piège le calcium salivaire.

Qui le piège ? Un fou rire me saisit, me secoue, tranche mes phrases, anéantit mes excuses.

— Elle est partie fâchée ! dira Buchwelt. Qu'est-ce qui vous a mise dans une hilarité pareille ?

Je lui explique : Majo se paie le luxe de déménager.

— Ça fait du bien, l'espoir, me dit-il.

Livraison du nouveau fauteuil roulant. On l'a posé dans la chambre, plié dans sa housse, brillant de tous ses chromes. Débarquent Christiane et Nina : on n'attend plus que moi pour essayer la voiture neuve. « Un modèle formidable », dit-on à Majo, que l'installation high-tech de son séant laisse de marbre.

— Vous verrez, madame B., fini les douleurs !

Jean-Louis nous rejoint enfin, seul autorisé au montage :

— Vous allez sentir la différence : soutien, maniabilité, confort, propulsion… la Rolls !

Rolls ou non, je ne serrerai plus Majo dans mes bras comme avant, quand nous étions à la même hauteur dans le monde. Majo ne dit pas un mot. Je tourne et retourne la notice pour éviter que nos yeux se croisent.

Une fois Majo dûment calée, Christiane cherche avec quelle taie d'oreiller adoucir l'accoudoir trop neuf. Un accoudoir étrange, sorte d'auge, de gouttière en plastique. C'est alors que Majo se décide :

— Je préfère l'autre.

— Vous allez vous y faire, madame B.

— Je préfère l'autre. Ce sont mes fesses ou les vôtres ?

Christiane sort. Un silence brutal agrandit la chambre.

— Ils l'ont appelé comment ? demande Majo. Il a bien un nom, ce con ?

— Le nom du modèle ? « Action ».

— Faut le faire, dit-elle.

Ce fauteuil, je n'en verrai Majo libérée qu'à sa mort. Il est là tant qu'elle y est. Le prolongement de son corps. Une ossature externe qui la maintient dans notre espace. Majo ne décolère pas : qu'on lui rende l'autre ! C'est elle qui sait, bon sang ! Et si elle avait raison ? Si ce confort n'était pas le sien ? Est-ce qu'on n'est pas en train de la forcer, comme pour les chaussures neuves des gosses ? Majo répète que ça ne va pas, qu'elle est mal, que l'autre est bien meilleur :

— Va le chercher, je te dis !

Je vois des larmes lui monter aux yeux mais nous n'écoutons pas : elle est vieille et ses larmes n'ont pas d'avenir.

Est-ce que ce n'est pas ce que Majo dit pour tout, maintenant : « Je préfère l'autre » ? La trousse de toilette neuve est moins bien que la précédente, ce jus de fruits moins bon que celui d'avant, la voisine de table moins agréable que celle d'hier. « Je préfère l'autre », pour son corps et pour sa vie : j'aimais mieux quand j'avais mes jambes, j'aimais mieux quand j'habitais à la maison, j'aimais mieux quand tu ne m'avais pas mise là.

L'automne met les bouchées doubles. Il fait froid. Théo et moi écourtons les promenades au Bois, les chiens frissonnent et les raquettes de badminton sont rangées. Bientôt les journées au boulot s'ouvriront avec la nuit et se fermeront avec elle.

Majo ne décroche plus un mot. J'aime croire que c'est l'effet de la baisse de lumière, Théo m'abreuve de discours sur la mélanine, à moins que ce ne soit l'adaptation au nouveau fauteuil. Elle ferme les yeux, se pétrifie. On suspend les séances de kiné, ce quart d'heure éprouvant et sans effet.

Désormais les vieux sont confinés jusqu'à la saison prochaine, que certains ne verront pas. Le parc est déserté, les fenêtres silencieuses. Je m'attarde dans le salon surchauffé, je sors de la chambre, j'invente une chose que je n'ai pas à faire, une personne que je n'ai pas à voir. Majo ne me pose pas de questions : il lui suffit que je sois dans la maison. Je téléphone sur le palier des fumeuses ; je descends dans le hall piquer un journal ; je regarde si Le Long n'est pas là. Pour un peu je demanderais l'heure aux gens qui passent. Pour un peu j'offrirais un café à Mazzini.

C'est ainsi que, un magazine à la main, je me faisais oublier dans un coin quand je surprends un échange musclé entre Nina et une nouvelle aide-soignante à fort caractère, Berline Frediluce. Nina explique qu'il faut se réchauffer les mains sous l'eau avant les soins pour faire moins froid sur la peau.

— Pas question de s'enquiquiner avec des manières, rétorque Berline Frediluce, qui tient à ce que soit dit chaque fois son nom tout entier comme s'il s'agissait d'un prénom composé. Au contraire, ricane-t-elle, elles crient comme des gamines, c'est marrant !

Le genre de réplique qu'on évite devant les familles : nous ne voyons que la façade lisse, celle qui nous est facturée. Seulement les vieux, eux, ils entendent.

Majo a fini par me lâcher que si elle parlait moins, c'était la faute des radiateurs.

— Trop de chauffage, j'ai le nez sec.

Il lui faut cette pommade dont elle a oublié le nom, qui sent les landes et l'après-guerre. Un pharmacien me déniche un tube de vaseline goménolée. Majo tend l'index, j'y place un pois :

— Tant que je trouve ma narine !

Nous rions, tout s'allège. Il paraît qu'avec les dérivés terpéniques on risque des convulsions : tant pis, va pour le shoot des pinèdes, gloire au Goménol ! Mon portable me rassure : les tribus de Gomen se soignent en mâchant les feuilles de niaouli dans les forêts kanakes. Tout va bien. J'ai bon espoir de récupérer dès demain une Majo radieuse, le sinus onctueux et la paupière alerte.

J'arrive à la fin du goûter, Majo joue au baccalauréat avec trois voisines. Incollable sur les capitales, elle en est à Ottawa quand les autres cherchent Oslo. Elle qui détestait les jeux de société, il faut la voir vérifier son score sur l'addition de la stagiaire :

— Formez vos chiffres, vous avez quoi dans les doigts ?

Dans le « ça va, ça vient » on dirait que ça vient à nouveau. Et pourtant.

Retour à la chambre, visage verrouillé, yeux fermés.

— Tu étais bien, qu'est-ce qui te prend ?

— Rien.

— Alors pourquoi tu te remets à fermer les yeux avec moi ?

— Je ne sais pas.

— Je t'ai fait quelque chose, tu m'en veux ?

— Non.

— Pendant le jeu tu les ouvrais. Devant la télé aussi, que je sache ?

— Un peu.

— Et quand tu goûtes avec ta copine ?

— Peut-être.

Je tourne les talons sans un mot et file à la cafétéria. Emma et ces messieurs m'attendent pour un cappuccino. Je leur explique la situation. Chopinot m'envie : sa femme a tout le temps les yeux fermés.

— Les sédatifs, grogne Le Long, ils nous les abrutissent pour avoir la paix !

Emma s'emporte : pourquoi répandre des rumeurs de ce genre ? Pour désespérer ce pauvre Chopinot ? Et elle – c'est moi dont elle parle –, à quoi bon lui mettre une bestiole dans la tête ?

— C'est vrai, à la fin, vous soupçonnez tout le monde ! On fait quoi si on n'a confiance en rien ni personne ? Pourquoi vous gardez votre mère ici, alors, vous qui savez tout ?

Les colères d'Emma sont les orages de notre ciel commun. Gros dos des deux habitués. Je me soustrais en plongeant dans Google, article « Ophtalmologie ».

— Ma petite, lâchez ce portable. Il n'a pas réponse à tout !

Elle a raison. Blotties dans ma paume, des milliers d'entrées sur les paupières, leur vie, leur œuvre, plans du muscle orbiculaire à l'appui. Ces mots : *ptôse des releveurs*, *névralgie du trijumeau*, sans oublier la réconfortante *tumeur palpébrale*. La langue étrangère de la maladie. Rien de tout cela ne m'avance. Emma pose la main sur mon bras :

— Vous devriez rentrer chez vous.

Chez moi, c'est chez nous. Avant même de glisser ma clé dans la serrure, je sais si Théo est rentré, je le sens comme un parfum.

Il m'écoute en graissant les lièges de sa clarinette. Un garçon méticuleux : absorption de l'humidité sur les tampons au papier tabac. J'aime les mains qu'il a dans ce geste, et dans tous les autres, au fond.

— On a deux raisons de fermer les yeux devant quelqu'un, dit-il. Quand on ne veut pas voir la personne, et quand on ne veut pas qu'elle nous voie. Majo se rend compte de ce qu'elle devient. De ce que tu lirais dans ses yeux.

— Où vas-tu chercher un truc pareil ?

— Ce nouveau fauteuil l'a mise en face d'elle-même, de tout ce qu'elle ne peut plus faire. Tu n'aurais pas la rage, toi ?

Théo part s'affairer dans la cuisine. Je reste sur le canapé à regarder la nuit prendre possession des fenêtres, j'entends Lucie qui joue dans sa chambre. Théo veut m'aider. Il craint que je ne m'émiette de chagrin et de fatigue tout ce temps, trop long et trop court, où j'accompagnerai Majo. Il veut m'aider, mais quoi qu'il dise et fasse, ce n'est pas lui qui va perdre sa vieille.

Je suis seule devant celle pour qui je ne peux rien. Seule parmi les autres venus voir leur vieille qui ne sera jamais ma vieille à moi. Seule sans ma mère qui devrait être à ma place et qui n'y est pas.

Je me répète la phrase que je dis souvent à Lucie avant d'éteindre la lumière : « Pourquoi tu aurais peur d'être toute seule ? Tu l'as déjà été, tu sais faire. »

Le docteur Sinatra m'a prévenue par e-mail : rendez-vous ophtalmo, demain 16 heures.

« Suspicion d'un défaut d'innervation. Transport par nos soins, retour en ambulance. La famille n'accompagne pas les résidents. »

— Un quartier chic, avenue d'Iéna, dit Majo. La jeune fille qui m'emmène m'a fait bon effet, celle qui est coiffée pour la douche.

Roxane. Je décide d'en profiter pour aller avenue Parmentier. Bien m'en a pris, on sonne. Un livreur inaudible à l'interphone. J'ouvre la fenêtre côté rue : les ambulanciers. La voiture est là, porte arrière béante. Ils se sont trompés d'adresse. Ils sont en train de poser Majo sur le trottoir.

Je me jette dans l'escalier. Les gars poussent le brancard dans le hall de l'immeuble. Allongée sous un drap Majo se reflète dans cette glace où, naguère, elle jetait un dernier œil avant de sortir. Col béant, les yeux froncés, elle ne m'a pas vue et claque des dents, sa veste roulée en boule à ses pieds. Je martèle de l'index l'adresse du bordereau, celle des Œillets dûment notée. Nous crions.

— On rembarque !

Déjà l'ambulance disparaît à l'angle. Ma vieille d'aujourd'hui quitte son monde d'autrefois. A-t-elle reconnu l'entrée de son immeuble ? Les façades de sa rue ? Ma voix ? Je n'en parlerai pas.

Au tout dernier moment j'ai arraché aux ambulanciers le compte rendu de la consultation. Je n'attends pas de remonter à l'appartement pour décacheter l'enveloppe. La pathologie ne marque pas d'« évolution notable ». Un œil qu'on n'ouvre plus, ce n'est pas une « évolution notable » ? Si ce n'est pas de son ressort ni du ressort du gériatre ou du neurologue, de qui est-ce l'affaire ?

Moi, je le vois, le courage de Majo pour « faire ses lignes » dans cette débâcle des yeux. Elle n'écrit plus que « lundi mardi mercredi » d'une graphie délitée, mais réclame des cahiers neufs. Elle croit qu'avec le prochain ça ira mieux, qu'elle repartira de zéro. Je ne fais aucune remarque. Je promets d'apporter le cahier neuf acheté dans notre papeterie rue du Pont-Louis-Philippe. Majo en caressera la couverture et me remerciera de l'avoir graciée de ces reliures en spirale qu'elle déteste. Les yeux cette fois bien ouverts sur moi.

Les yeux, comme le reste, ça va, ça vient.

Avenue Parmentier, Lucie et moi entreprenons de laver les vases bleus. Ceux que Majo collectionnait sans y mettre de fleurs. Ne supportant plus de les voir prendre la poussière, j'ai embauché ma fille. Nous les rinçons un à un sous le robinet, puis les mettons à sécher à l'envers. Nos gestes s'ajustent comme si de tout temps nous avions été nettoyeuses de vases bleus.

Je m'en veux d'avoir grondé sèchement Lucie ce matin, par fatigue : la toute petite paie pour la toute vieille. L'ancienne m'épuise et la toute neuve me requiert, coincée que je suis entre l'égoïsme du premier âge et celui du troisième. Vous êtes là, avec ces deux bouts de la vie qui se rejoignent pour vous étrangler, mais il faut continuer à sourire. À noter des rendez-vous sur un agenda, à encaisser des croquettes, et quand vous sauvez un quart de seconde pour vous, une page ou deux, un cinéma, un gratin avec une amie, un instant posé sur une chaise, il vous semble que vous avez oublié quelque chose. Vous n'êtes pas où vous devriez être.

Quelqu'un sonne à la porte. Mme Malka, la vieille gardienne de l'immeuble voisin, avec Carotte, son lapin en cage. Quand elle repartait au pays, Majo gardait Carotte. Je me rappelle une odeur de vieil encens, un bruit de griffes sur les barreaux.

— Cette fois ça ne va pas être possible, Mme Malka.

Laissant la cage dans l'entrée, la dame trottine vers l'ascenseur.

— C'était convenu, couine-t-elle.

Je cède. Lucie se réjouit de ramener un lapin à la maison.

En quittant l'appartement nous tombons sur une voiture en panne de batterie qu'essaie de pousser une jeune fille. Je me jette sur le coffre :

— Passez la seconde !

Les feux arrière s'allument, le moteur tousse, la voiture s'envole, la passagère embarque en riant, emportant avec elle la fleur turquoise de ses ongles écrasés près des miens. De cette minute solidaire je garde une joie délicieuse, un sourire de tout le corps. C'est ridicule, mais là j'ai su faire, j'ai pu courir, entraîner, réparer. L'emporter sur le poids des choses. Une minute d'oubli et d'action pure. Je me sens capable d'abriter tout un élevage de lapins.

Majo dira : « Ce n'est pas le Carotte que tu as connu, il est mort d'ennui en bouffant les barreaux de sa cage. »

Le docteur S. confirme l'intégration de Majo aile sud.

— Vous serez comme un coq en pâte, madame B.

Elle me tend un papier à signer « pour la forme ».

Majo ne mesure pas sa chance. Le volume de la chambre, l'orientation, la terrasse, tout la laisse froide.

— Vous aurez Christiane et les mêmes filles pour s'occuper de vous.

Je connais ma vieille : elle n'aime pas ces mots, « s'occuper de ».

— Je l'aimais bien, moi, ma chambre, grondera-t-elle une fois seule avec moi.

De quel droit dispose-t-on d'elle ? Ce doit être ma faute, encore mes goûts de luxe. Elle se plaît ici, qu'on lui fiche la paix.

— Déchire-moi ce foutu papier !

Je ne bouge pas, elle monte le ton : elle signifiera son refus dès demain par recommandé.

— Avec accusé de réception, parfaitement.

Envie de lui répondre : « Tu es aux petits oignons ici, tiens-toi à carreau, tu as coupé à Saint-Joseph-des-Chênes, mets-la en sourdine. »

L'aile sud. La façade claire aux larges baies vitrées, nous la regardions aux derniers jours de l'été quand nous remontions l'allée du parc. Une longue terrasse commune en jardin japonais parcourue de pavés autobloquants, entrecoupée d'épais bambous, avec chaises longues et parasols où personne ne s'installe.

Plus de lumière et d'espace, une salle de bains spacieuse, des fauteuils pour les visiteurs, des rideaux de velours rouges : une sorte d'hôtellerie. Aux objets personnels autorisés côté nord peuvent s'ajouter quelques meubles, à l'exception des tapis, me souffle-t-on presque à regret.

Je comprendrai bientôt que les résidents « bénéficiaires » s'en fichent pas mal : ils sont dans d'autres combats, les heureux élus des couloirs déserts. S'ils pouvaient dire ce qui leur manque, ce ne serait ni le velours ni les dorures – une main, une voix, une force, la leur et celle d'un monde simple et présent.

Je ne suis pas tranquille. Si cette aile sud est extraordinaire, pourquoi Emma n'y a-t-elle pas mis sa mère ? Si c'était un de ces dispositifs tape-à-l'œil pour éclipser d'autres aspects moins reluisants ? Dorer la pilule des gens et vernir la communication du groupe ? Le bonus consolateur des familles ? Je rejoins les aides-soignantes en pause tabac dans l'espoir d'en savoir plus. Roxane vient d'écraser sa cigarette, je me décide :

— Vous avez encore deux minutes ?

Nous filons à la cafétéria.

— L'aile sud, elle s'y plaira !

La gamme au-dessus, côté restauration surtout, avec chef en toque, menus à thème, service invités. Plus d'ouverture vers l'extérieur, des animations, des intervenants, et même un jumelage avec le scolaire.

— Ils encouragent l'intergénérationnel, si vous voulez. Justement, je ne veux pas. Je ne veux pas que Roxane me récite la plaquette d'accueil.

— D'accord, je vous le refais en clair. Senepax a libéré ces chambres à l'ouverture de l'unité Alzheimer. Le but ? Afficher la touche Premium. Faire croire qu'on progresse dans sa vieillesse, c'est bon pour l'image de la maison. Le même personnel, mais avec deux fois plus de temps pour le soin en chambre. Idem pour le kiné avec hydrothérapie de confort, et j'en passe. Ils lissent le supplément sur la totalité des tarifs, ni vu ni connu. L'aile sud, c'est la carte Gold des Œillets. Ça nous a valu du people : on a eu la mère de Ted Yared, l'animateur de *Votre info*, vous situez ?

— Mais alors pourquoi nous ? Nous plutôt que Mme Trichard, par exemple ?

— Ça permet à la boîte de se mettre dans la poche les familles, disons... un peu trop présentes.

Roxane jette un œil derrière nous avant de reprendre :

— Leurs serviettes de table... Plis éventail mexicain, queue de paon, ailes d'ange, ça me fait marrer. Tout ça pour des petits vieux qui laissent les trois quarts dans l'assiette, avec de l'eau gélifiée dans le verre à vin. Bien sûr je ne vous ai pas parlé.

— Je suis une tombe.

— Faites gaffe, ce n'est pas le genre de trucs à dire ici !

Le lendemain, je dépose en personne aux Œillets mon accord pour le transfert à l'aile sud. Emménagement prévu la semaine prochaine.

Je tombe sur Chopinot, déjà au courant :

— Je suis bien content pour vous !

Toujours ses bons yeux et cette délicatesse de ne pas penser à lui en priorité. Il tient un pot d'orchidée blanche.

— Ça vous ennuie de faire un coucou à mon épouse ?

Je le suis dans la chambre. Il pose près d'Odette l'orchidée floconnante de bourgeons.

— On va la voir s'ouvrir, comme à la maison.

Odette sourit. Je sens entre eux des décennies d'orchidées. La lueur de neige nous gagne et éclaire ce qu'ils restent tous les deux. Nous nous taisons longuement, sans gêne aucune, puis Chopinot me raccompagne.

— J'ai repris mes séances de lecture dans la grande salle, dit-il. Ça marche bien, j'ai même droit à un micro. Je donne du Romain Gary tout à l'heure. Je vais emmener Odette, j'ai insisté pour qu'on lui mette un peu de contention. Vous ne voulez pas passer en repartant ?

J'y vais. Le public paraît épuisé, mais des têtes happées se relèvent, saisies par la voix : des marguerites quand le vent passe. J'aperçois Odette, attentive, attachée à son fauteuil par des sangles rouges – ce qui s'appelle « un peu de contention ». J'avais remarqué ces larges bretelles rembourrées mais je ne peux plus les regarder de la même façon. Qu'est-ce que tu croyais, dira Betta splendens dans son aquarium, qu'on recevait des parachutistes ?

À la maison Théo m'accueille avec une bonne bouteille pour arroser ce qu'il appelle « le nouveau départ » de Majo, mais je n'y suis pas.

— Une mauvaise nouvelle ?

Lucie s'est arrêtée de jouer pour scruter mon visage.

— Non, tout va bien, rien de spécial !

Je raconte ma rencontre avec Chopinot, le moment dans la chambre, l'orchidée, Romain Gary. Tout en vrac et à toute vitesse, comme souvent quand, rentrée chez moi, j'essaie de quitter tout à fait l'univers des Œillets.

— Qu'est-ce que j'ai ? Je ne sais pas.

Théo me regarde avec sa façon d'appuyer les yeux quelque part en moi. J'accepte le verre qu'il me tend.

— Tu es émue, c'est tout. Il t'a touchée, ce Chopinot que tu voyais à peine. Même son nom, Chopinot, tu le trouvais impossible, tout droit sorti de Balzac, tu te souviens ? Le pépé rabougri avec sa grosse dondon, n'empêche qu'il t'a clouée.

— Peut-être, mais il y a surtout un truc que je ne m'explique pas : pourquoi, moi, je n'invite personne à voir Majo ?

Je crois que Théo va me répondre, qu'il aura la phrase nécessaire, mais il se tait.

— J'ai honte d'elle, tu crois ? Le Long aussi m'a présenté sa mère, et moi, je n'y ai même pas pensé. Je la garde à l'écart, je la cache ? Est-ce que je ne suis pas la première à l'enfermer ?

— Majo ne t'a rien demandé. Ce n'est pas aujourd'hui que tu vas décider de sa vie sociale.

— C'est pourtant bien ce que je fais en l'excluant du peu qui lui reste. C'est moi qui décrète qu'elle n'a envie de faire connaissance avec personne, que ça n'ira pas, que ce n'est pas la peine. Je veux changer la vie des vieux, mais je devrais commencer par mon propre regard.

— Attends, tu m'as bien dit qu'elle s'était fait une copine pour goûter ?

— Arrête, « une copine pour goûter », on dirait qu'on parle de Lucie !

Théo éclate de rire, et moi aussi. On ne compte plus les soirées qui nous auront vus ainsi secoués à en pleurer.

Aujourd'hui, 14 novembre, transfert à l'aile sud.

L'opération consiste à changer de couloir – un monde pour Majo.

— Tu n'as rien prévu pour mes bagages ?

Ses bagages, autant dire trois fois rien. Elle regrette ce sac parfait qu'elle a chez elle, avec sa poche anti-froissement. Elle qui à l'instant contemplait son cardigan avec stupeur donne la couleur du sac, circonstances et prix d'acquisition. Jusqu'au nom de la dame qui tenait ce magasin près du Cirque d'Hiver. Les voies du cerveau sont impénétrables. Nous attendons l'agent technique ; le temps et le silence s'épaississent. Majo devient fébrile :

— C'est bien noté pour aujourd'hui, tu ne t'es pas trompée ?

Arrive enfin un grand gars avec une boucle à l'oreille et une bonne poignée de main. Richard, le frère de Roxane, retenu par une panne.

— L'ascenseur n'écoute que moi, clame-t-il.

La bonne humeur de celui qu'aucun problème ne désarme. Pendant l'installation je chercherai à identifier la nuée de ressemblances qu'il partage avec sa sœur.

— Il est à ton goût, ce garçon ? demande Majo sitôt que nous sommes seules.

À peine si elle a regardé sa chambre.

— Moins mollasson que Théo, non ?

Je range les affaires en claquant portes et tiroirs.

— Pourquoi tu t'énerves ? J'ai des yeux qui valent ce qu'ils valent, mais je vois que tu as reluqué ce type.

Le mot « reluquer » me fait grincer comme les crissements de craie sur les tableaux noirs. Qu'est-ce qu'elle croit, que j'ai le cœur à « reluquer » ?

— N'empêche que tu reluques, quel mal il y a à ça ? Si on attend que l'autre se déclare !

Majo n'a jamais cru à la prétendue homosexualité de Théo.

« Je vois bien qu'il est pendu à toi » ou « Il te mange des yeux », c'était le refrain consacré jusqu'à l'accident vasculaire qui a détourné mon ancêtre de toute allusion à ma vie amoureuse. J'en ai assez entendu. La phrase m'échappe, claquante comme une lanière :

— Je vais y aller.

La phrase qui glace dans l'instant l'air de la pièce. Cette fois, Majo enchaîne :

— Tu n'as rien dit de ma nouvelle télé ? Il faut que tu m'expliques la télécommande.

Sur l'écran s'affiche, surpixellisée et vociférante, l'inévitable émission culinaire où chacun s'emploie à estourbir les estomacs voisins. Je propose la suite du documentaire animalier sur les pandas :

— Ah non, des bestioles en noir et blanc, tu parles si c'est gai !

Théo avait raison : Majo est encore assez jeune pour organiser sa vie sociale. Depuis son arrivée dans l'aile sud elle s'accroche de plus belle à Mme Trichard :

— J'ai le droit de recevoir Juliette à goûter comme avant !

Juliette garde un sourire évasif aux lèvres, son foulard fuchsia noué avec soin sur une petite clé vieillotte qui semble sortie d'une brocante.

Pour la plupart des pensionnaires le repas reste un exercice : c'est au goûter qu'ils reprennent vie. La bonne idée, c'est d'avoir confié aux équipes la confection des gâteaux. Les gâteaux sont, de tout ce qui se prépare ici, ce qui est vraiment fait pour l'autre, sous l'œil et le nez de qui le mangera. En direct, la farine et les œufs. En direct, le beurre et le moule à manquer. Le tout mené par Nina, cordon-bleu de l'après-midi, en bavardant dans une bonne odeur de vie tranquille.

Ma vieille attendant pour le goûter « sa bonne amie », comme dit Christiane, il s'est mis en place une sorte de cérémonie : il faut deux bonnes minutes à Juliette pour remonter le couloir, canne en main et œil au sol. Majo la remercie d'être venue malgré le froid bien que ni l'une ni l'autre ne quitte le bâtiment. Une fois installées, elles entament une conversation à leur façon : de courtes phrases avec des blancs où elles s'oublient avant de se raccorder sans le moindre embarras.

Juliette commence toutes ses phrases par « Ah bah ». Ah bah elle préférait le flan d'hier. Ah bah autrefois elle était la reine du clafoutis. Un tic qu'elle a pris depuis une opération il y a longtemps : le fuchsia de soie sur la gorge, c'est la fleur de la plaie. Parfois elle perd un peu la tête et répète qu'elle s'appelle Juliette Trichard, née Sifflet, un refrain qu'on entend sans l'écouter.

Les mauvais jours, silence des deux amies. Si Majo traverse un sale quart d'heure, Juliette attend la seizième minute. Je l'ai vue essuyer un sarcasme sans perdre le sourire, tripotant sa clé dans les plis du foulard.

— Quelle peau de vache tu fais, ai-je dit à Majo.

— Déjà que je suis vieille, tu voudrais que je sois gentille ?

C'est vrai qu'elle n'est pas toujours gentille, Majo. On voudrait que les vieux le soient tout le temps, comme s'ils avaient quelque chose à se faire pardonner.

Un soir j'étais passée tout exprès lui apporter une photo qu'elle réclamait, du temps de ses fiançailles avec mon grand-père. On les y voit tous les deux si jeunes et fins que j'avais peiné à les reconnaître. J'entre dans la chambre, pas peu fière de ma bonne pioche dans le fatras des clichés survivants, quand Majo me cueille, sans quitter des yeux la télé :

— Dans deux minutes je tire, grogne-t-elle, télécommande en main, le pouce sur la touche volume.

Effectivement on entend des voix fortes derrière le mur : la nouvelle voisine se dispute avec sa fille à chacune de ses visites. Que devient le calme cinq étoiles promis à l'aile sud ?

— Qu'elles s'engueulent, ça me distrait, et je suis armée !

La fille, gênée qu'on puisse suivre la querelle, a pris l'habitude de monter le son du téléviseur.

— Si elles dépassent les bornes, je sors la charge lourde.

Je m'affole : elle ne va pas farcir la tête des gens et assourdir tout l'étage ! Piquée, Majo éteint et jette la télécommande sur le lit.

— Écoute, me dit-elle, ici c'est la même vie qu'avant, dans le même salon. Quand on change de chaîne les mémés ne s'en rendent pas compte, elles demandent où est passé le commissaire. En plus on n'est jamais sur les images, nous. Sauf pour les prothèses auditives ou les machins qui vous montent dans l'escalier avec des connasses qui ont l'air contentes comme tout.

Je retrouve Majo et ses tirades moqueuses, mais elle, elle ne rit pas. Que ressent-on, spectateur d'un monde où l'âge devient clandestin ? À ne plus être regardé, à ne plus se voir ? Des décennies durant on a vécu agissant et séduisant au sein de l'existence commune et on assiste à sa propre invisibilité.

Le hasard nous a mises dans le même ascenseur, la fille d'à côté et moi : elle laissait sa mère comme je quittais la chambre. Une septuagénaire tonique aux fringantes lunettes rouges. Dans la glace, coup d'œil furtif à nos binettes fatiguées. Une étiquette au-dessus de la porte affiche la photo du dépanneur, un jeune homme tout frais luisant. Nous échangeons un mince sourire. Elle sort en premier et remonte le hall devant moi en claquant des talons.

J'avais décidé de me remettre à ma thèse, un peu le soir, beaucoup le week-end : entre ma fille à l'école et Majo dans son palace, je pouvais tenter le coup. J'avais plus souvent la maison pour moi seule ces temps-ci, la clinique me devait quelques après-midi de libres, je me promettais d'en profiter – mais j'ai vite compris.

Tout m'est devenu impénétrable, mon subtil classement de fichiers jusqu'aux modélisations dont j'étais si fière. Tout danse devant mes yeux, moi qui voulais pourtant en finir avec les postes d'assistante à tout faire. Le coup classique de la thésarde interrompue, mais avec autre chose. Un malaise sur lequel je préfère ne pas m'appesantir. De toute façon c'est déjà l'heure. L'heure de faire les courses, l'heure d'aller aux Œillets, l'heure de récupérer Lucie.

J'arrive à peine à l'école qu'un texto m'avertit : Théo ne rentrera pas dîner. Trois jours que je ne le vois plus. Il s'habille avec plus de soin. Il demande des nouvelles sans écouter la réponse. Il me promet de passer aux Œillets dès qu'il peut, et il ne peut pas. C'est clair : Théo vient de rencontrer quelqu'un. Il ne faudrait pas que ce soit sérieux. Il ne manquerait plus que ce soit sérieux. En préparant le dîner je donnerais cher pour balancer mes mauvaises pensées à la casserole. Je devrais me réjouir pour lui si j'étais une fille bien.

Lucie sent ma tristesse :

— On s'en fiche. Nous, on a Carotte.

Le lapin est là, dans sa cage, avec son nez dans tous les sens et ses yeux obscurs. Pour la première fois de ma vie je voudrais être un lapin. Ne me sentir aucun lien avec les créatures dont je suis issue. Ne pas penser aux absents. Ne pas me retourner vingt-cinq fois dans mon lit parce que le cordon de sonnette n'est pas bien placé dans la nouvelle chambre.

Je ne cherche pas à savoir pour Théo : il n'est pas dans nos accords de poser des questions. De même n'a-t-on pas à entrer dans la chambre de l'autre quand il n'y est pas.

Sauf que, cette fois, j'ai poussé la porte et je me suis faufilée : la clarinette n'a pas bougé. Parfait : tant que la clarinette est là, tout va bien.

La preuve : Théo a réapparu comme si de rien n'était. Il s'est même enfin décidé à m'accompagner aux Œillets. Il n'a pas revu Majo depuis l'hôpital, autant dire dans une autre vie. Sur son trente et un pour l'occasion, il emporte sa boîte à outils.

— J'ai bien cru que tu m'avais oubliée, lui dit ma vieille en retenant sa main.

— Vous êtes en pleine forme, Majo.

Tandis que je m'affaire côté placard, des coups d'œil passent de l'un à l'autre – ce type d'échange qu'on voit chez les jeunes enfants au temps des premiers face-à-face.

Théo a décrété qu'il lui revenait personnellement d'installer *Les Iris* de Van Gogh. À la grande joie de Majo, il répète « personnellement » en faisant sonner les doubles consonnes.

— À votre retour de la kiné, ce sera fait !

Le tableau attendait son bon vouloir, adossé au mur dans un papier bulle.

Une fois Majo partie, je me suis assise au bord du lit, le matelas à eau sifflant sous mon poids. Théo se débat avec les clous et vis qui ne sont pas les bons, contre ce mur qui ne veut pas non plus. Il profère ces grossièretés par quoi les bricoleurs témoignent d'une passion soudaine pour la prostitution.

Quand le silence retombe par intervalles, il laisse entendre un bruit entêtant dans les radiateurs, de lointaines castagnettes. Théo s'escrime : avec ce ciment, il n'a pas la perceuse qu'il faut. Quand il lève les bras le cachemire chiné découvre un jean italien. Et cette montre tape-à-l'œil, d'où vient-elle ?

Il a changé. Quelqu'un l'a changé. Je m'allonge sur le lit, la tête où Majo met la sienne, je vois le plafond qu'elle a sous les yeux. Je repousse mes larmes sur mes tempes, allez vous perdre dans les cheveux et fichez-moi la paix.

Théo s'acharne désormais à exploiter les trous de l'occupant précédent. D'autres tableaux, souvenirs, photos de famille, en allés comme les nôtres un jour. Brusquement il s'arrête, s'accroupit devant moi et pose son marteau :

— J'ai à te parler.

Ça fait des semaines qu'il veut me parler, mais ce n'est jamais le moment et le soir il y a Lucie. C'est difficile aussi, pour lui, de quitter Lucie.

Quitter, il a dit « quitter ».

Une belle proposition en Dordogne. Gardiennage de propriété à Sarlat. Un producteur de cinéma trop souvent cambriolé. Théo a décroché l'affaire par Mikhalkov, le lévrier afghan. Les vêtements chics font partie du poste : M. Fergus ne veut pas qu'il fasse concierge. Théo accepte pour quelques mois, le temps d'amasser un pécule pour ses projets à Paris. Quels projets ? « Projets » fait un drôle de bruit dans sa bouche, quelque chose du crissement de ses chaussures de luxe.

— Tu ne dis rien ? lâche-t-il enfin.

— Qu'est-ce que tu veux que je te dise ? Félicitations ?

Il s'assoit en tailleur, me tend une main que je ne prends pas.

— Chloé, c'est royalement payé : je t'aiderai à financer ton stage.

— Je n'ai pas besoin de toi. Et puis, comment veux-tu que je parte où que ce soit ?

Je reprends le marteau et le lui glisse de force dans la main : qu'il finisse le boulot, Majo va arriver. Et pas un mot de ce départ, ça l'inquiéterait. Ni à Lucie ce soir. Théo garde ses yeux de cocker :

— Je réglerai ma part de loyer et je remonterai souvent à la maison. Vous n'êtes pas débarrassées de moi.

Je sens des gifles me pousser dans les mains quand heureusement Richard passe une tête par la porte :

— J'ai une perceuse à percussion, je vous la prête ?

J'attendrai d'être seule pour avoir de la peine. Qu'il ne compte pas sur moi pour le retenir. Ni pour lui demander de me consoler de son départ – le pire étant que lui seul saurait. Je suis cette fille sans mec, en train de perdre sa vieille et ce qu'il lui reste de jeunesse. Plus de plaisir, plus de projets, plus d'études. Ma pauvre petite fille est bien mal lotie avec cette mère-là.

Le lendemain je ne suis pas allée travailler. Après avoir déposé Lucie à l'école, j'ai marché à travers les rues jusqu'à l'avenue Parmentier. J'ai écouté le bruit de la porte en la fermant derrière moi. Je me suis assise sur un des fauteuils crapaud retapissés flashy sur mon injonction de modernité ridicule. J'ai allumé une cigarette : je gardais un paquet ici pour Théo. Je fume une des cigarettes qu'il ne fumera plus. Il croit s'en sortir en me promettant Noël, et des week-ends, et des vacances. Ce sont des mots qui n'ont pas d'usage dans ma vie. Va faire le gardien, va jouer au concierge.

Les meubles de Majo. L'angle du bureau où elle s'appuyait. Les vases bleus, les échantillons de parfums. La boîte à cigares en bois pour les timbres et les trombones. Le vieux téléphone à cadran. L'impressionnante bibliothèque. Une bibliothèque, si désertée soit-elle, donne toujours l'impression que le maître des lieux va entrer d'une minute à l'autre.

J'ai pris cette habitude de passer ma main sur les tranches des livres, de parcourir les titres, d'en ouvrir un par-ci par-là. J'aime voir comment ils sont rangés et dérangés, les pays et les époques cohabitant contre les murs, certains souvent repris, usés, cornés, annotés du temps de l'enseignement. La rangée des Budé où l'Antiquité me guette, les lourds dictionnaires avec ces fleurs que Majo mettait à sécher entre les pages. « Que feras-tu de tout ça, après ? » disait-elle en montrant ses étagères. La paroi des livres courant dans tout l'appartement, je la vois comme un visage de l'absente.

Le nappage bleuté du tabac emplissait le vide entre les meubles, entre les vases. J'ai écouté le bruit des pas dans la rue, les voix d'enfants, le passage des voitures. J'ai fumé, j'ai regardé, j'ai écouté. Étrange affaire que d'être au monde.

Au détour d'un tiroir j'ai trouvé un cahier, une sorte de journal que Majo tenait au crayon noir. La dernière page date de juillet.

« *Il fait bon, la nuit je laisse la fenêtre ouverte, j'aime sentir l'air qui monte du square, mais je suis triste. Ça ne me plaît pas de vieillir. Tout me fatigue. J'ai le nez et la bouche secs, aucun plaisir à table, du mal à lire, à écrire, à éplucher les légumes. J'ai toute ma tête, ma Chloé est merveilleuse, mais je pleure.* »

Des mots que je n'ai pas entendus quand je venais la voir. Au fond je ne savais plus ce qu'elle vivait. Depuis longtemps, elle gardait pour elle ses ombres froides, ses questions sans réponse. Quand, la sentant triste, je lui demandais pourquoi, elle avait sa réplique : « *Glissez, mortels, n'appuyez pas.* »

Je n'ai parlé à personne du départ de Théo. Pas un mot, pas même à Alice. J'éprouvais une sorte de honte dont je me délivrais par la rage. Deux mots me soulageaient : « Quel salaud ! » Théo ne les méritait pas, notre engagement commun se limitant au bail d'un appartement où je ne comptais pas rester ma vie entière. Il promettait de régler sa part de loyer « rubis sur l'ongle » ainsi qu'il l'avait répété dans un e-mail auquel je m'étais abstenue de répondre.

« Rubis sur l'ongle », où était-il allé chercher cette expression quasi médiévale ? Qu'est-ce que j'avais à faire de sa culpabilité, alors qu'il me suffisait de claquer des doigts pour trouver un autre colocataire ? Il croyait que je ne saurais pas me débrouiller ? Je pourrais prendre une Anglaise, pensais-je, qui offrirait à Lucie un bain de langue autrement meilleur que ses éternelles reprises de clarinette. Une Anglaise, oui, je me jurais d'y réfléchir.

Je n'ai pas su voir, plus forte que la mienne et chimiquement pure, la tristesse muette de ma fille. À elle seule j'ai parlé de ce départ, à tort et à travers, avec la bêtise des jaloux.

— Nous pourrions intervertir les chambres, ai-je dit, celle de Théo est plus grande ; je pourrais libérer ses placards et en profiter pour redonner un bon coup de blanc à la pièce ? Au moins nous en avons fini avec le tabagisme passif, combien de fois je lui ai demandé d'arrêter pour toi, pour ta santé, ma chérie, et cette manie aussi d'éteindre ses cigarettes dans les jardinières… Tu verras les belles fenêtres fleuries qu'on aura au printemps.

Lucie n'a pas répondu. Je ne remarquais plus sa manière de baisser la tête que je connais par cœur.

Il y a pourtant chez ma fille des choses que je vois, et que je vois trop fort. Ainsi, un soir que j'attendais devant l'école, je l'ai aperçue avec les autres enfants dans la cour. Je me suis approchée de la grille pour regarder leur course sous les lampadaires. Les enfants n'ont pas le droit de porter d'écharpe : dans la pénombre froide il m'a semblé que le cou de Lucie jaillissait du manteau, trop clair, trop fragile. Il y a peu, sa tête se posait juste sur ses épaules comme chez les bébés. Est-ce possible qu'ait déjà eu lieu cette chose magnifique, la naissance du cou sur le corps de ma fille ?

Lucie m'a vue, je lui ai fait signe à mon tour en m'entendant souffler contre la vitre : « Remonte ton col ! » J'ai pensé à d'autres soirs, quand elle deviendra une jeune femme plus forte que moi. Et bien plus tard, quand elle aura peur de voir ma vieille tête dans sa glace.

J'ai décidé d'apporter à Majo quelques jolis vêtements. Majo se fiche de son apparence, « une cause perdue », dit-elle. Elle n'a pas un mot pour mes acquisitions, soucieuse seulement de savoir si la veste est bien en « laine tondue sur mouton vivant », précision dont je n'ai toujours pas percé l'énigme.

Je repasse par le bocal pour déposer ma pile « à marquer », Christiane vérifie les étiquettes : rien ne doit s'égarer dans les entrailles du pressing. Rires en cascade dans le couloir : les aides-soignantes jouent à se poursuivre à coups de cintres.

— Les filles sont jeunes, elles ont besoin de s'amuser. Voilà Mme Tardy qui vient voir le show !

Effectivement une dame longue et maigre les observe comme au spectacle, casquette de base-ball et gants de conduite, les avant-bras posés sur son déambulateur. J'essaie désormais de reconnaître les voisins de ma mère. Beaucoup plus de voisines, d'ailleurs, comme dans l'aile nord.

— Océane, vous vous êtes encore gourée, rugit Christiane. Un gilet « Pauline Gigot » au lieu de « Paulette Pijot » ! Vous aimeriez, vous, qu'on dise Banane au lieu d'Océane ? Cette génération connaît l'orthographe. Ils sentent la faute dans le cou, par la peau. Recommencez, et que ça saute !

J'aime ces bribes de désordre. Ces conversations, ces engueulades, ces rires qui s'arrêtent d'un coup quand les aides-soignantes s'envolent vers les chambres. Je m'accorde cinq minutes de répit. Je vois passer Lunettes-rouges, la fille de la voisine. Nous n'échangeons pas une parole. Elle marche vite en claquant des talons comme si le sol lui brûlait les pieds. Je regarde le planning des activités, le nom des arrivants, les bouquets interchangeables au milieu des tables vides. Les résidents devant le téléviseur du salon, et par la fenêtre la lumière de soucoupes volantes que tracent les lampadaires du stade. Mazzini aide une grosse dame à ouvrir ses bonbons, guère plus adroit qu'elle : il y aura du boulot avec les papillotes de fin d'année. Puis soudain, comme si un sablier interne se retournait en moi, je pars et je me jette dans la ville.

Le bus est lent, la nuit tombe, la fatigue aussi. Récupérer Lucie, préparer le bain, le dîner, étendre la lessive oubliée dans la machine. Je voudrais disparaître dans un hôtel perdu : rien à voir, rien à fournir, rien à ranger, ni petite fille ni petite vieille. Depuis le départ de Théo la matière est lourde, la course sans répit, la parole rare. Depuis son départ je ne me promène plus dans les allées du Bois, je n'entends plus la clarinette, ma couette ne sent plus le tabac blond. Ses e-mails et son numéro de portable s'affichent à l'écran, je ne réponds pas, je ne prends pas l'appel. Je regretterais presque les heures d'angoisse où tous les deux nous cherchions des solutions, nous préparions « la suite ». Aile sud, tout le monde connaît la suite.

Est-ce qu'il pense à moi, là-bas, dans sa demeure de luxe en bord de forêt ? Ce travail qu'on lui confie doit l'occuper, et les nouveaux visages. Reste-t-il le moindre espace vacant où je puisse lui manquer ? Il me suffirait de lire ce qu'il m'envoie, de décrocher quand s'encadre son numéro, mais je ne le fais pas. J'ai beau comprendre sa décision, je me sens trahie. C'est moi pourtant qui ai permis à Théo de prendre cette place où il n'est plus. Quand il s'était présenté pour la colocation je ne m'étais pas méfiée. L'amour et le désir n'étaient plus mon affaire. Le père de Lucie, dont le prénom m'écorchait la bouche, je l'avais beaucoup aimé. Lui aussi, bien qu'il m'ait trompée. J'aurais voulu faire mieux pour notre fille mais j'ai fini par le quitter. Je n'étais pas le corps qu'il voulait contre le sien, je ne serais pas sa porteuse d'enfant ni son alliée tranquille. On ne me reprendrait plus au bordel de la passion. C'était sous-estimer le comique de l'existence : j'avais tiré un trait sur le désir et je me retrouvais à me languir d'un type qui ne m'avait pas touchée.

Christiane me prévient dès l'ascenseur : Majo a balancé un fauteuil dans la salle à manger.

— Pourtant, aile sud, c'est du Louis-Philippe, précise-t-elle, plus lourd que le Louis XV !

Ça la reprend ? Même ici ?

— Ne vous inquiétez pas, Richard va recoller l'accoudoir.

Parce qu'elle croit que je m'inquiète pour l'accoudoir ?

J'entre dans la chambre et Majo me sèche sur place : oui, elle a cassé des bricoles, ça leur apprendra à parler aux gens à la troisième personne. Elle m'ordonne de m'asseoir :

— Passons aux choses sérieuses.

Sa phrase du temps où elle prenait toutes les décisions. Il faut se rendre à l'évidence, elle ne rentrera pas à la maison.

— Me prendre avec toi, hors de question. Tu as une vie.

Elle a trois choses à me demander. Primo, débarrasser son appartement et le mettre en vente, elle m'indiquera qui contacter.

— Deuxième point : si je casse ma pipe, ne préviens pas ton père. Il t'a abandonnée ? Nous l'abandonnons. Il serait fichu de revenir de Chtoudegarde pour grappiller quelque chose.

Majo n'a jamais réussi à prononcer Stuttgart. Ni à s'imaginer qu'ayant refait sa vie là-bas, l'auteur de mes jours peut tout autant l'avoir refaite encore ailleurs depuis plus de trente ans.

— Ne fais pas cette tête, il faut bien que j'arrive à mourir.

Tertio, lui rapporter l'éphéméride de l'avenue Parmentier, avec la recharge de l'année prochaine. Elle a des rendez-vous à noter entre Jean-Louis, les intervenants, le club philo… et encore, elle allait oublier la chorale qui va commencer sans elle.

— D'ailleurs c'est l'heure, file, à demain, ma chérie.

« À demain, ma chérie », quel délice ! La même qui balançait des fauteuils ? Si elle a demandé la nouvelle éphéméride c'est qu'elle croit à l'an prochain, résurrection de l'avenir.

Christiane n'a pas l'air emballée :

— Il faudra trouver des choses à marquer sur son truc.

Portée par ma joie, je descends à la cafétéria dans l'espoir d'y voir Le Long ou Emma. Personne. Il se fait tard, une odeur de potage monte des cuisines. L'heure de rentrer chez moi.

À peine ai-je franchi le sas de sortie que j'entends retentir la chorale au rez-de-chaussée. Derrière la baie vitrée quelqu'un s'échine à assembler les vieillards désaccordés. « *L'important, c'est la rose. L'important, c'est la rose, crois-moi.* »

Et là je reconnais Majo, bouche cousue, fixant devant elle un fauteuil pieds en l'air.

Je reverrai en boucle cette image de Majo à la chorale, le dossier du fauteuil entre ses doigts, la chute lourde, le cercle de stupeur autour d'elle. Ce qu'elle refuse, je le devine. Les explications ne sont plus de mise.

En quittant les Œillets je reconnais une silhouette à l'arrêt du bus. Richard est aussi surpris que moi, comme s'il était impossible de se rencontrer hors des murs. Il fume une cigarette en tapant un pied contre l'autre.

— Je suis sorti plus tard ce soir, dit-il, comme s'il voulait s'excuser d'être là.

Le panneau lumineux indique deux minutes d'attente. Feu vert, nouvelle rafale de voitures. Je cherche une phrase, n'importe laquelle :

— Je suis désolée pour l'accoudoir.

— C'est recollé ! Et quand bien même, on s'en fiche.

Je baisse les yeux et fixe ces baskets qui s'entrechoquent, ces grands pieds qu'ont les hommes, des crocodiles sur un trottoir. Un cycliste fantomatique prend son élan pour décoller en premier. Richard monte la voix dans la vague des moteurs :

— Au fait, votre ami, l'autre jour, il a embarqué la boîte de mèches de la perceuse. Si vous pouvez me la rapporter… Qu'on ne vienne pas me chercher des poux.

— On vous embêterait pour des mèches de perceuse ?

Richard jette sa cigarette dans le caniveau et répond entre ses dents. Laplage le soupçonne de piquer du matériel.

— Je dis Laplage pour vous, mais entre nous on dit autrement.

— The Bitch, je sais.

— C'est vrai que vous êtes copine avec ma sœur.

Le bus apparaît là-bas, au bout du ver luisant.

— La frangine et moi, on voit clair dans la boîte et on a des projets. Laplage ne nous fera pas de cadeau. Elle sautera sur le premier motif pour nous virer.

— Elle a trop besoin de vous.

— Ils n'ont besoin de personne chez Senepax. Même pas de leurs clients : un clou chasse l'autre.

Il sourit.

— Même vous, avant, vous ne me remarquiez pas. À un moment, quelque chose se stabilise, nos visiteurs revoient ce qu'ils ont sous les yeux. Quand on a du métier comme moi, on s'en rend compte.

Tout le monde aime Richard aux Œillets. Quand il passe dans les salons il a un mot gentil et n'hésite pas à bricoler tout ce qui peut faire plaisir. Il partage avec sa sœur le service ambulance, pour les transports et les coups durs, mais il traverse les étages en sifflotant pour qu'aucun pensionnaire ne croie qu'il est arrivé malheur : quand il arrive malheur, c'est aussi lui qu'on voit.

Je débarque avenue Parmentier avec cartons et sacs poubelles. J'entreprends de débarrasser, débarrasser et rien d'autre. Je n'ai pas envie de vendre l'appartement. Je ne prendrai contact avec aucune agence. Pas question d'anticiper les disparitions. Juste trier quelques affaires pour ne pas me soustraire tout à fait. Gagner du temps contre le temps.

Liquidation des chaussures. Tant de paires, dont certaines neuves dans leur carton d'origine. Une vie me passe entre les mains, de l'escarpin italien au modèle confort en crêpe. Je les donnerai toutes.

Le cœur se serre mais tout dépend de la musique qu'on entend. Notes noires ou notes blanches.

Notes noires : cette paire, plus jamais Majo ne la portera, ni celle-ci ni une autre. Je pense à ses pieds d'aujourd'hui, gonflés dans les chaussons orthopédiques, à tous les pas qu'elle a faits pour arriver à ceux qu'elle ne fera plus.

Ou bien je me dis : celles-là sont vachement bien, j'étais avec elle rue Bonaparte quand elle les a achetées. Je pense à tout ce temps dont elle a profité pour user ces ribambelles de grolles. À ces kilomètres parcourus dans une foule de paysages et de rues. Rien n'est perdu ni volé, tout ce qui a été vécu l'a été. Notes blanches.

Notes noires, notes blanches : un solfège qu'on n'a pas appris à l'école, qui finit par faire du bruit dans la tête.

À la sortie de l'école, la mère d'Amandine m'a parlé du Black Friday. Ces mots, « Black Friday », ont hélé quelque chose qui a disparu de ma vie. « Pour les cadeaux de Noël », a-t-elle ajouté. Il manquait à sa phrase le Saint-Verbe de notre époque, « acheter ». Acheter les cadeaux de Noël. Ramper du Talus du shopping au Fossé des cartes bleues, je l'ai fait dans une existence antérieure, mais je n'en ai plus le goût.

L'an dernier, ma fille et moi fêtions Noël avec Théo, chez Majo. Je voudrais offrir à Lucie autre chose qu'un sinistre tête-à-tête. J'en parle à Alice, venue dîner à la maison.

— Théo sera là ? dit-elle, laissant planer son point d'interrogation.

Je lui tends sans un mot bouteille et tire-bouchon. Le gratin dauphinois embaume la pièce. Lucie joue dans son bain. Parvient jusqu'à nous le grelot du porte-clés à bille qui l'occupe.

— Au fait, pour le 16 décembre ? reprend Alice. Majo aura sa copine ?

C'est l'affaire du moment aux Œillets : le dîner de Noël avec les familles. Majo ne voulant pas en entendre parler, j'ai avancé l'idée d'inviter Juliette à notre table. Seulement l'aile sud festoie le 16 décembre, le côté nord en janvier. Refus de l'intendance : à chaque aile son « événement », Mme Trichard attendra.

— Parce que ce n'est pas vous, les clients, dans la boîte ? s'étonne Alice.

— J'ai demandé un rendez-vous, pas de réponse. Chacun son pré et les vieux sont bien gardés. Parlons d'autre chose.

— Tu verras, Théo arrangera le coup.

— Tu as décidé de me gâcher la soirée ?

— La trêve de Noël, s'il te plaît, Chloé.

Je me fous de Noël. Noël est au-dessus de mes forces.

Kiki-la-doucette ne voit pas pourquoi je ne « prends » pas Majo à Noël.

— Quel âge ça lui fait déjà ? Quatre-vingt-dix ans, ah oui, dans son état, c'est un fait…

En clair : « Tu espères quoi ? » Qu'elle perde quelqu'un, Kiki-la-doucette, et nous verrons si l'arithmétique suffit à sécher les mouchoirs. Sa mère se porte comme un charme, elles « font le Maroc » pour les fêtes.

Quand j'étais petite, Majo m'emmenait voir la crèche à Saint-Sulpice. Elle achetait chaque année un santon, dénichait chants de Noël et contes du monde entier. Quand un jour je lui ai balancé que tout ça n'existait pas, elle m'a répondu : « Ça n'a pas besoin d'exister pour être beau. »

C'est peut-être notre dernier Noël. Si je perds Majo, je perds ce visage que je connais depuis toujours. Ce regard inconditionnel sur celle que je suis. Sur ce que j'ignore avoir été. C'est un fait.

J'ai souvent rencontré des gens plus âgés que moi en difficulté avec leurs vieux parents. Je m'étonnais de les voir reprendre espoir pour trois fois rien, un meilleur appétit, une conversation, un sourire. Ce trois fois rien leur était gigantesque. Maintenant j'en suis là moi aussi. Dans les oscillations de son état Majo réserve des surprises saisissantes et je m'enflamme à chaque remontée.

Ainsi ce soir où j'entre dans la chambre et m'inquiète de n'y trouver personne – ni lumière ni télévision. Les projecteurs du stade glissent par les stores descendus une lueur grise d'où émerge enfin un buste de statue : Majo dans son fauteuil. Pas un mot, pas un geste, pas le moindre souffle.

— N'allume pas la lumière, murmure-t-elle enfin.

Elle m'immobilise d'un geste et prend sa voix de prof :

— « *Je me tiens sur le seuil de la vie et de la mort les yeux baissés les mains vides / Et la mer dont j'entends le bruit est une mer qui ne rend jamais ses noyés...* »

Elle marque un temps :

— Alors, c'est de qui ?

Puis, balayant l'air d'une main solennelle :

— « *Quand j'étais jeune on me racontait que bientôt viendrait la victoire des anges...* » Tu ne reconnais pas Aragon ? L'épilogue des *Poètes*. De nous deux, ma cocotte, c'est toi qui baisses.

Évidemment, dès que Majo va mieux je veux l'encourager. Puisqu'elle parle de poésie, pourquoi ne pas lancer un club ? Chopinot se ferait un plaisir...

— Un club ? Pas de mots grossiers s'il te plaît !

Je m'agace : elle ne profite pas assez des avantages de l'aile sud. Les concours de mots fléchés, les moments jazz, d'autres loisirs qui lui changeraient les idées. Je déploie le calendrier affiché dans l'ascenseur, les activités repérées sur le tableau de bord chez Christiane. Comme j'insiste, elle consent à s'inscrire pour le prochain « film-débat » – à « l'auditorium », car on ne dit pas « salle vidéo » dans l'aile sud.

Lors de cette première séance le spectacle aura été dans la salle. *Le Masque de Zorro*, pioché au hasard dans une pile de DVD. Insurrection du public, manif dans les fauteuils roulants : « On n'est pas des gosses ! »

Majo en pleurait de rire :

— Tu aurais vu : tempête chez les vioques ! L'autre toupie avec sa casquette, soi-disant sourde comme un pot, j'aurais aimé que tu l'entendes : « Nous ne sommes pas n'importe quel public ! » Il faut que tu viennes la prochaine fois, tu vas te régaler.

J'acceptai pour le lendemain.

Au programme, *World Trade Center.*

De tous les étages dévalaient de leur mieux nos amateurs de catastrophes. Mme Laplage s'était annoncée au prétexte qu'on tenait là, selon elle, « un film d'auteur ». Elle daignait donc faire sonner ses talons au pays des charentaises ? Si j'en profitais pour lui parler du dîner du 16 ? Tout le monde croyait que j'avais lâché l'affaire, pourquoi ne pas saisir l'occasion ? Seulement Laplage gardait le regard haut pour n'en croiser aucun, les aides-soignantes se disputaient les places, je dus battre en retraite dans le couloir. J'attendais sur un canapé d'angle quand passa Jean-Louis :

— *World Trade Center* ! Des ruines devant des ruines, on est d'accord ?

Sale type.

Les soirées jazz semblaient tentantes mais Majo a décrété qu'après Chet Baker rien ne méritait ses oreilles. L'affiche promettait pourtant : « *Soirée jazz en ville, venez nombreux.* » J'imaginais un trompettiste en marinière sous des fleurs en crépon, avant de repérer la mention minuscule « *Sortie à effectif choisi* ». Soit, renseignements pris, quatre ou cinq heureux élus baladés en car avec Mazzini en chef de brigade. La finalité de ces soirées jazz est dans l'affiche elle-même, placardée partout pour réjouir les familles : vous avez opté pour la meilleure maison, vous en avez pour votre argent. Nul doute que Senepax donne la même consigne à toutes les boîtes du groupe, aux Œillets, aux Violettes, aux Primevères.

C'est devant les affiches que je croiserai la fameuse gériatre, un rouleau de Scotch à la main. Le reste du temps claquemurée dans son bureau, elle s'affaire à numériser les ordonnances, décréter des régimes, briefer et débriefer des réunions – et à négocier, prétend Le Long, des pots-de-vin pour favoriser des admissions. À quoi doit-on ces accès de ferveur pour le jazz ? Mystère, le swing de l'intéressée ne sautant pas aux yeux. Les soins de base étant confiés au docteur Sinatra, elle ne montre son nez qu'en cas extrême : intervention des pompiers, décès sur place.

Mieux vaut ne pas appeler la gériatre si on tient à sa santé.

Je n'ai pas une belle âme. Je parle, je conçois, j'élabore, mais quand il faut agir il n'y a plus personne.

— Vous exagérez, a dit Buchwelt. Soyez simple, expliquez-moi les choses comme vous les diriez à votre fille.

Le dernier patient parti, nous avions procédé à l'inventaire du labo avant de nous offrir la vodka rituelle dans la salle d'attente déserte. Lucie confiée à Alice, je me sentais les coudées franches.

— Emma m'a coincée à mon propre système. Je n'y ai vu que du feu parce que ça flattait mon ego. Ne commencez pas à rire !

Buchwelt s'allongea sur le canapé, les pieds déchaussés sur l'accoudoir :

— D'accord, je bois vos paroles.

J'entrepris de lui résumer la situation.

Pour sortir les résidents de leur solitude, Emma s'était mis en tête d'organiser des « moments festifs », des « après-midi conviviaux ». Avec Le Long elle avait réclamé un secteur à la cafétéria : Laplage résistait, ne voyant pas le sens de cette initiative dans une maison qui donnait « tous les gages du meilleur vivre-ensemble ». Puis elle avait lâché quelques faveurs dûment cadrées. Interdiction de solliciter le personnel pour ce qu'elle appelait un « événement privé ». Consigne formelle de ne pas convier les résidents fragiles. Gâteaux garantis sans fruits à coque, gluten, ingrédients friables et autres calamités étrangleuses de vieillards. Aucune boisson alcoolisée au-delà du cidre, doux de préférence question acidité gastrique et battu à la fourchette en prévention des fausses routes. Encore un peu et le port du casque était obligatoire.

— Ah, fit Buchwelt, parce que vous étiez là quand elle vous a balancé son protocole à la noix ?

— Oui, ils ont insisté pour m'y traîner : à les entendre je suis la Che Guevara des Ehpad. Attendez la suite !

La première fois Emma s'était bornée à réunir la bande, sa mère et celle de Le Long, Majo, Mazzini, Chopinot. Ensuite elle avait élargi le cercle en se procurant les dates d'anniversaire et de fête des résidents. Mme Tardy nous avait rejoints, avant le Corse, Lunettes-rouges et sa mère. Puis des mémés d'autres étages. Cerise sur le gâteau, Odette Chopinot sanglée dans son fauteuil : Emma avait demandé un coup de main à sa fille, Patricia-appelez-moi-Pat, pour la charroyer en douce.

— On aurait dit une fête d'internat avec des potaches bouffeurs de chouquettes. Tout le monde parlait à tue-tête à cause des appareils auditifs, les moules à tarte se vidaient à toute vitesse, et moi, moi je n'y étais pas vraiment. Je ne sais pas me glisser dans les conversations. Pour tout vous dire je les trouve moches, les mémés avec leurs dentiers en touches de piano et les vieux qui se crachent sur la cravate. Je me foutrais des claques. Le pire, c'est quand ils ont chanté Aznavour : « *Emmenez-moi au bout de la Terre, / Emmenez-moi au pays des merveilles* », tu parles si la vieillesse est moins pénible au soleil !

— Mais si ça leur fait plaisir, dit Buchwelt, quelle importance ? Et Majo dans tout ça ?

— Majo, ça lui plaît. Au début, elle a gardé sa tête de pierre, pas un mot à part « Ils sont bien, mes pieds ? ». Mais après elle s'est mise à rire avec la mère Trichard aussi rose que son foulard, et les voilà qui enquillaient les chansonnettes ! Heureusement que Laplage a mis le holà, je n'aurais pas pu suivre la bamboche.

— Qu'est-ce qu'elle a à redire, Laplage ? Des goûters sans personnel qui ne coûtent pas un rond, c'est tout bénef.

— C'est la gériatre qui a mis le veto, excitabilité excessive, blablabla. Laplage s'est fait une joie de lui emboîter le pas.

Buchwelt fixa son verre vide, les yeux pensifs :

— Déjà on vieillit, il faut encore qu'on nous gâche la vie ? Les pauvres vieux, qu'est-ce qu'ils peuvent sauver de liberté et de plaisir ? Je signerai une décharge pour qu'on m'épargne ce genre de boîte. Je préfère finir en beauté.

Je ne pouvais pas avouer le pire à Buchwelt : c'est à moi que j'en voulais.

Je m'en voulais d'avoir du mal avec cette nouvelle vieille que devenait Majo. Avec son indulgence soudaine envers des gens qu'elle n'aurait pas choisis avant. Elle, si exigeante, minaudait aux plaisanteries de ces messieurs et buvait des yeux l'assemblée. Peu portée au lyrisme familial, elle pouvait dire à Patricia-appelez-moi-Pat qu'elle était « le portrait craché de sa maman ». Lui demander si elle avait des enfants, comme si la mise au monde d'inconnus pouvait lui améliorer l'existence.

En fait, c'était moi qui n'étais pas belle à voir. Je regrettais qu'on isole les vieux et ne supportais pas de les voir ensemble. Je réclamais le mélange des générations mais je ne partageais pas une tarte aux pommes. Je reprochais son jeunisme à Alice mais fuyais tout signe du temps qui passe. J'étais la preuve vivante de ce que je prétendais corriger. L'alliée involontaire de mes adversaires.

Buchwelt se leva et enclencha la fermeture des stores roulants.

— On y va, ma grande ?

Je ne fis pas un geste.

— Avec tous ces vieux dans la maison de vieux, murmura-t-il, Majo vous paraît plus vieille, n'est-ce pas ?

— Complètement vieille, dis-je en vidant mon verre d'un coup sec.

Il me tendit la main pour m'extraire du fauteuil et garda la mienne un temps dans la sienne :

— Son âge se met devant elle. Ne perdez pas de vue la belle personne qu'elle est.

Je n'ai pas dit tout ce que je savais sur les goûters d'Emma. Surtout pas ce que j'avais appris le lendemain du dernier en date.

Heure creuse de l'après-midi à la cafétéria. Je savourais un répit, seule dans la salle, blottie contre mon gobelet.

Je me perdais dans la buée des baies vitrées quand un mouvement des reflets attira mon attention. Richard.

— Je vous offre un café ? lui dis-je.

Il s'assit en face de moi, les pieds sur sa boîte à outils.

— Il paraît que la patronne vous a mis des bâtons dans les roues ? On n'a plus droit à son quatre-heures ? À peine vous marquez un point, il faut qu'elle resserre les boulons.

Que voulait-il dire au juste ? Il continuait, tout sourire :

— Décrocher si vite l'aile sud, bravo ! Laplage, vous la tenez.

— Vous rigolez ? J'attends toujours une réponse pour le dîner du 16.

— Elle vous laisse le bec en l'air mais je vous garantis qu'elle vous craint.

Richard se pencha vers moi : est-ce que je n'avais pas arraché plus d'avantages en trois mois que les habitués avec leur conseil de la Vie sociale à deux balles ? Le délai pour le Portugais, Sinatra qui commande un nouveau fauteuil, l'étage au garde-à-vous et Christiane aux petits soins ?

— Alors j'ai mené mon enquête et j'ai compris. Ce que Laplage redoute par-dessus tout, c'est qu'un journaliste vienne fourrer le nez dans la maison.

— Je ne suis pas journaliste !

L'important n'était pas que je sois ou non journaliste, mais qu'elle ait cru que je l'étais. Ces émissions télé sur la maltraitance, les magazines qui déshonorent la profession, c'était sa hantise.

— Cherchez, Chloé, un truc a dû vous échapper.

Une scène me revint. Au goûter, quand Nina avait évoqué l'émission culinaire qu'elle ne ratait jamais, Majo avait lancé : « Chloé, raconte comment toi aussi tu as fait de la télé ! » Une participation à *Sorcier Nature* sur la Cinq pour la Nuit des étoiles, pas de quoi en faire un fromage. Richard jubilait :

— Nina a répété aux copines, et hop, boule de neige jusqu'à The Bitch. Voilà pourquoi elle vous endort : elle ne veut pas du scandale qui a coulé le patron des Primevères.

Richard jeta son gobelet pile dans la poubelle et se leva :

— Vous avez une carte redoutable. Gardez-la au chaud. Pas seulement pour le dîner de Noël.

Il prit mon gobelet vide et à son tour l'envoya droit au but.

— Les deux à cinq mètres du premier coup ! Dans cette maison on ne crache pas sur les petites joies.

Dans le bocal de Christiane un tableau de travail bariolé d'étiquettes indique heures de service, activités, intervenants et rendez-vous. C'est là que je patiente quand il n'y a personne. Les gens ne tardent pas à réapparaître. Le mouvement des unes, l'immobilité des autres. Le reflet des émissions télévisées sur les visages. Quand Christiane me surprend dans son bureau, nous échangeons quelques mots. Il en va autrement avec Berline Frediluce. Elle fond sur moi et me met dehors comme on chasse un moineau avec un torchon.

Berline Frediluce, la méchante de l'étage. Je l'ai vue à l'œuvre avec le Corse, le seul homme de l'aile sud. Sa tête de Turc parce qu'il refuse de s'adresser à elle en la gratifiant chaque fois de ses prénom et nom. Un grand type avec une quantité saisissante de poils sortant des narines, des oreilles, jaillissant en antennes de l'arcade sourcilière.

On dirait que toute sa pauvre force est venue s'exprimer là. Quand il avance avec peine ses charentaises au ras du sol, elle balance : « Alors, on fait son repassage ? » Et elle rit. « Je suis emmerdante avec tout le monde, pourquoi je ferais la différence ? »

Depuis le début je parle peu aux résidents, quelques bribes polies, sans plus. Je redoute la fêlure du timbre, la faiblesse de l'ouïe. J'ai peur qu'on me demande un service impossible, comme cette dame aux yeux bleu de Prusse qui me supplie : « Ne me laissez pas dans ce trou ! » Sa voix m'empoigne mais je passe mon chemin sans un mot.

Désormais je cherche à mieux connaître ceux que je croise souvent. À retenir certains noms que le personnel prononce volontiers, Tardy, Mazzini. J'ai lu le nom de la dame aux yeux bleu de Prusse sur l'étiquette de sa porte. Je me promets de lui répondre la prochaine fois : « Ne vous inquiétez pas, madame Rybakov. »

Le nom. Celui qu'on porte du début jusqu'à la fin, acte de naissance et pierre tombale. Ce qui nous reste quand on n'a plus rien. Ce qui nous rattache à une époque, un pays, un milieu, à des milliers de bouches qui l'ont prononcé.

Théo comptait monter le premier week-end de décembre. Du moins me l'avait-il garanti à longueur d'e-mails que j'avais laissés sans réponse. « Monter un week-end », qu'y avait-il dans ces termes pour m'exaspérer à ce point ? Je dénichais dans chaque phrase de Théo un os à ronger, mauvaise fille.

Dernière nouvelle : il était désolé de renoncer au week-end « s'il voulait sauver Noël ». « Sauver Noël » !

S'il savait à quel point je m'en fiche, qu'il reste dans son chenil ! pensai-je, me félicitant de n'avoir rien dit à Lucie.

Au café avec Alice, j'ai poussé le bouchon :

— Il n'a même pas eu le courage de me l'annoncer de vive voix.

Elle ne m'a pas ratée :

— Tu ne prends pas ses appels !

Selon elle j'avais découragé Théo en faisant ma tête de lard. Est-ce qu'il n'avait pas le droit de prendre sa vie en main, de mettre du fric de côté pour de vrais projets ?

— Tu lui reproches de balader des chiens mais tu le scies quand il veut s'en sortir !

Et alors, il était obligé de s'enterrer dans son coin paumé ? Si elle voyait les photos qu'il poste, la vallée ceci, la rivière cela – monsieur devient lyrique ! Concierge pour nouveaux riches, quelle promotion ! Alice exultait :

— Ses photos ? Je croyais que tu n'ouvrais rien ?

Elle n'en démordait pas : Théo avait joué l'homo pour décrocher la coloc mais il était « sensible à ma personne ».

— À mon avis, il est parti pour te tester.

— Pitié, Alice, pas aujourd'hui !

— Revenons à toi : il te manque, oui ou merde ?

— Oui *et* merde !

— Alors s'il te manque, il faut le lui dire !

Lui dire quoi ? Lui dire que j'aimais trouver le salon allumé en rentrant, ma fille jouant près de lui quand il lisait sur le canapé ? Lui dire que ses soupes me manquaient avec leur odeur de campagne ? Que je regrettais nos balades dans les allées du Bois et nos partitions à deux voix, le soir, sur le monde qui va et qui ne va pas ?

Comment lui raconter ce que je ne me disais pas à moi-même ?

— Demande-lui de venir et il rappliquera, tu connais ma théorie.

Alice aurait dû en faire un recueil, « *Les théories d'Alice* » : elle a toujours à votre disposition la solution qu'elle n'a pas pour elle-même. Quand la tristesse se glisse dans sa vie en bouclage perpétuel, elle dit seulement que tout ira mieux demain.

— Jure-moi que tu vas y réfléchir. Tu lui fais payer une facture qui n'est pas la sienne. Il te trouble, non ? Quand tu penses à ses yeux, ses mains, quand tu revois sa bouche, ça ne te fait rien ?

De retour à la maison, je m'assois devant les photos que j'ai de Théo en diaporama sur l'écran, mais ma réponse reste celle que j'ai faite tout à l'heure à Alice : je ne sais pas. Je n'ai plus de corps. De mon corps je n'ai plus que l'effort, la fatigue, l'angoisse. L'effort d'aller aux Œillets, la fatigue d'en revenir, l'angoisse de ne plus avoir à le faire un jour.

Lucie a demandé quand Théo viendrait nous voir. Ou plutôt c'est au lapin Carotte qu'elle a posé la question, le prénom de Théo ayant disparu entre nous :

— Tu sais quand il arrive, toi ?

Quand je l'ai regardée elle s'est sauvée dans sa chambre en pleurant. Je me suis faufilée près d'elle sur son lit, je l'ai prise contre moi et les mots me sont venus. Théo allait revenir. Je l'ai répété jusqu'à ce que sa tête s'abandonne sur mon épaule et que son poids délicieux installe en moi les mots que je venais de dire.

Quand Lucie m'a paru consolée, j'ai musclé l'étreinte, la balançant de plus en plus fort. C'est notre jeu : nous rouler sur le lit, bien serrées, dans un sens et dans l'autre. Son rire, je le bois. Il me remet dans le monde. Le rire est le son le plus rare des maisons de retraite. Quand elle s'est endormie, je suis retournée au salon. Ma fille. Ce sont deux mots si doux, « ma fille ». Elle doit voir son père samedi et encore dans quinze jours. J'ai du mal, elle aussi. Depuis quelque temps Lucie veut tout attacher : son doudou ficelé à un pull, lui-même relié à son tricycle fixé à la rampe, le tout avec des nœuds qu'elle ne sait pas faire.

Je ne quitte pas le canapé, mes yeux allant du reflet des lampes sur les vitres noires au clignotement rouge des minutes sur le réveil à quartz. J'entends les pas des voisins, les arrêts de l'ascenseur, le roulement des bus sur le bitume. Et ma solitude.

J'aimerais seulement qu'on me prenne dans les bras, qu'on me serve un verre de bordeaux avec un plat de pâtes, qu'on me dise cette phrase que je n'entends plus nulle part, que Théo disait comme personne : « On ne va pas se laisser abattre. »

Mauvais soir. Majo a repris son visage de pierre et ne décroche plus un mot. Elle recule la tête quand je me penche pour l'embrasser. La pommade goménolée, certainement pas. La lecture à voix haute, n'en parlons plus. Cette colère. Est-ce qu'elle regretterait les goûters d'Emma ? Peut-être les aimait-elle, ces après-midi à la cafétéria. Bien sûr qu'elle les aimait et elle sait que je ne me suis pas battue pour les maintenir. Elle m'en veut.

Alors je m'acharne pour ce fameux dîner du 16. Je ne rate pas l'occasion pour redire à l'une ou l'autre des responsables que je tiens à la présence de Mme Trichard, mais mes phrases tombent dans le vide : tout le monde attend que je me lasse. Majo s'en désintéresse : au fond, ce n'est pas une idée qui vient d'elle. Qu'est-ce que, moi, je joue là-dedans ? Je ne sais pas. Théo saurait, lui. Je l'imagine astiquant sa clarinette sur un genou, me glissant la phrase qu'il faut, celle qui me sortirait de là. Avec ses yeux fougère et sa fossette en virgule juste à droite de ses lèvres.

Bruit de la pluie sur la vitre. Dans la chambre voisine les engueulades mère-fille ont repris, il est question d'un certain Rodrigo : Rodrigo ceci, Rodrigo cela. Nous ne montons pas le son du téléviseur puisque Majo ne l'allume plus.

Assise au bord du lit qui siffle sous mon poids, j'attends. Majo ne me quitte pas des yeux, mais qu'y a-t-il dans ce regard ? Sa main morte se décolore et se nacre, les doigts comme ces langoustines cuites qu'on met en rangs sur la glace pilée des poissonneries. Je me lève, m'arrête devant la fenêtre, je ne peux que lui tourner le dos, qu'elle ne me voie pas la voir. L'iris blanc de Van Gogh ne peut plus rien pour moi. Je me rappelle la phrase de Buchwelt, le soir de la vodka : « Je préfère finir en beauté. » Où commence et où finit la beauté ?

J'aperçois un coin du stade. Des êtres lointains jouent au ballon, silhouettes vives sous les projecteurs. Je devine le muscle qui se tend entre le bandeau de la chaussette et la tache éclatante du short. La peau des gars, le cri des gagnants.

J'ai dit : « Je vais y aller. » J'ai embrassé la tempe de marbre.

Dehors je presse le pas. J'appartiens à la rue qu'arpentent les gens, à la nuit qui descend sur la ville. Deux garçons rappliquent en courant, en retard pour l'entraînement, rieurs et sans soucis.

Aux Œillets, opération déco de Noël, « Jingle Bells » en fond sonore : le cinquième étage passe en Laponie. Bonnets à pompon, guirlandes à paillettes.

— Les sapins ne devraient pas tarder, me glisse-t-on comme si nous attendions des convives de marque.

À deux semaines du dîner des familles, toujours aucune réponse, pas le moindre message : je vois rouge.

Pourquoi me donner ce mal pour une soirée qui ne changera pas ma vie ? Si chacun aménage les règles à sa sauce… D'un autre côté ça leur coûte quoi, d'arranger les choses, est-ce que ce n'est pas leur boulot ? Si je laisse tomber je fais comme eux : j'élimine le détail fatigant, la particularité dérangeante, je préfère le confort d'un organigramme aux perturbations de la vie. Je collabore.

Je n'ai pas encore embrassé Majo que j'éclate :

— Notre dîner, tout le monde s'en fout, figure-toi ! Il faut la bénédiction de Laplage pour tout ici, et même pour dire non elle se fait prier !

J'ai haussé la voix, Majo s'emporte aussitôt :

— Toute une affaire pour déplacer une assiette ? Je vais la convoquer, moi, ta bonne femme.

— Tu parles, tu t'en fiches aussi : tu ne voulais pas y aller, tu détestes ce genre de festivités. Je ne sais pas ce qui m'a pris d'en parler à Juliette. Elle s'en fait une joie, elle, de cette connerie de dîner de merde.

Silence. Le tic-tac du réveil. Majo se penche et prend ma main dans la sienne :

— Je te parie que Juliette a déjà oublié. Le 16 décembre n'existe pas pour elle, mais moi j'ai toute ma tête : je vais te la mettre au pas, ta Laplage ! On paie et on n'est libres de rien ?

Elle a raison. Elle est vieille, elle est faible, mais elle a raison. Pas une seule de ses soirées ne lui appartient. Aucun de ses désirs n'est un ordre. Seulement, ce qu'elle ne sait pas, c'est que Laplage, toute sommée serait-elle de venir la voir, s'en dispenserait. Au prétexte d'éviter la moindre anxiété aux résidents elle s'épargne ce genre d'entrevue. Elle préfère en découdre avec les référents familiaux, ces personnes annexes, épuisées et coupables qu'on parvient toujours à faire plier. Le b.a.-ba du management des seniors.

Nous nous taisons, la pommade goménolée pose sur nos colères la fraîcheur volatile d'une courte pinède.

Elle ne doute pas d'être redoutable, ma vieille qui serre les poings, perdue dans son fauteuil.

En une nuit blanche il me devient insupportable que Juliette ne soit pas à notre table. Je suis sur le point de forcer la porte de Laplage quand Christiane m'intercepte au vol et me pousse dans son bureau : Juliette ne sera pas des nôtres, sa fille la prend quelques jours à la maison. Fin de l'histoire.

Si seulement j'avais parlé à Emma, j'aurais été fixée ! Il aurait suffi qu'elle change ses dates, rien de plus simple.

— Pas tant que ça, me dit celle-ci au téléphone. On en parle tout à l'heure ?

Rendez-vous à l'espace Réminiscence.

Emma aime cette pièce « chaleureuse ». Décoration d'après-guerre : buffet torsadé avec assiettes Mont-Saint-Michel, dentelles sur guéridons, faux portraits de famille. Un dispositif supposé aider « nos aînés » à se remémorer leur jeunesse – ils n'y vont jamais.

— Chloé, je ne peux pas prendre maman quand j'ai mes petits-enfants, ni déplacer les vacances scolaires pour vous faire plaisir.

— Il ne s'agit pas de *me* faire plaisir, il s'agit de *leur* faire plaisir.

— Si vous m'aviez demandé mon avis, au moins j'aurais pris des dispositions ! Vous savez bien que maman ne pouvait pas m'en parler : elle oublie tout dans la seconde. Pourquoi ces mystères au lieu de me mettre au courant tout simplement ?

— Non, rien ne va tout simplement, Emma. Vous m'auriez dit que je réclamais un privilège, que j'allais créer un précédent. Que la question devait être tranchée en assemblée plénière ou je ne sais quoi du même genre. Voilà ce que vous m'auriez dit.

J'y suis allée un peu fort : Emma s'écroule sur le sofa. Elle n'en peut plus. Personne ne comprend à quel point elle n'en peut plus. Son père, Alzheimer, placé trois ans à Senlis pour s'entendre dire chaque semaine : « Vous êtes une amie de ma fille ? » Après ç'a été le tour de la belle-mère, 100 bornes de voiture aller-retour. Et maintenant sa mère qui perd la tête.

— Alors prenez maman, ma petite. Si vous dites que ça lui plaît, prenez-la. Laplage, j'en fais mon affaire.

Et si elle en profitait pour se reposer ? J'ai lâché le mot tabou. Emma explose. Quand on est jeune on ne sait pas ce que c'est la vie avec vingt-cinq ans de plus tes propres enfants qui t'en rajoutent divorce chômage ou dépression et leurs gosses à eux est-ce qu'on aura une place en crèche et d'un coup est-ce qu'ils auront leur bac ? Pendant ce temps-là toi tu médites les devis dentaires tu changes tes verres progressifs tout sport et tout régime compris tu défais les boutons de ta jupe tu t'endors après déjeuner tu enlèves tes chaussures sous les fauteuils au cinéma mais toujours il faut aller voir ton papa et ta maman toujours et tu ne fais que ton devoir, tu ne t'attends à rien ni merci ni merde, et ta vie passe, pas de vacances depuis sept ans.

J'entends ce que me dit Emma mais rien à faire, je ne suis pas rendue là où elle se tient.

L'espace Réminiscence, j'essaie de l'imaginer en 2073. Les premiers iPhone d'un centimètre d'épaisseur, un ordi avec des fils, des jeux sur écran qu'on appelait « vidéo ». Sur le dossier d'une chaise minimale suédoise, ces jeans qu'en ce temps-là on vendait déchirés.

Magali, la nouvelle stagiaire. Blouse turquoise bien repassée, broche modeste, maquillage minimal, cheveux tenus. De ses yeux noisette monte une mer de larmes. Christiane nous la présente :

— Demain vous ferez la toilette de Mme B., c'est une crème.

Majo grimace : elle n'apprécie pas de confier ses fesses à une inconnue. Je sors me réfugier dans le salon.

Devant la télévision des jeux et des ris, le Corse, Celle-qui-n'arrive-pas-à-ouvrir-les-bonbons, Mme Tardy sous sa casquette, Mme Rybakov et ses yeux bleu de Prusse. Tous silencieux, enveloppés dans la même irréalité pâle, la substance du corps perdue. Un quart d'heure ne s'est pas écoulé que Berline Frediluce revient avec ma vieille, poussant le fauteuil comme un caddie :

— On va goûter !

Magali sort du réfrigérateur une mousse au chocolat. J'installe Majo en face de sa copine. Maladresse goulue de mon ancêtre bataillant avec sa main valide. Pluie de taches sur le foulard de Juliette. Christiane passe, affublée de son boa écarlate du moment. Je vois le poids de son après-midi à sa façon laborieuse de tirer ses sabots de travail. Chez toutes j'ai appris à lire les signes de la fatigue, la rudesse des jours cafardeux. Les infimes distinctions qui, accumulées, creusent l'écart entre celles qui font le travail et celles qui le vivent. L'attention différente donnée aux mêmes mots, la douceur vraie de la main, les yeux qui cherchent les yeux et les soutiennent. Les minutes qu'on rattrape en cavalant dans les couloirs. L'intuition de ce qui soulage, le bon geste au bon moment. Le tout payé des clopinettes et regardé de haut.

L'ascenseur. Celle qui prend son poste ajuste sa tenue enfilée au vestiaire. Celle qui le quitte déboutonne sa blouse. Et puis il y a les Harassées. Je ne parle pas des harassées épisodiques, comme dans tous les boulots. Les

Harassées véritables sont d'une autre espèce. Au front des handicaps ou au sixième étage des démences, elles entrent avec leurs problèmes et les reprennent en sortant. Il faudra, après une heure de transport, s'occuper des courses, du ménage, des enfants, et parfois de leurs propres parents. L'ascenseur est un sas : les y déranger est une faute.

Ces mauvais coups, aussi, que les filles reçoivent. J'ai entendu des familles en recadrer certaines. J'ai su quelle remontrance saignante on pouvait leur infliger derrière les portes capitonnées de la Direction. Les humiliations reçues de résidents, jaillies d'un fond de douleur ou de méchanceté. Ainsi Mme Tardy avec Magali :

— Cette tête que vous faites, on vous retrouvera pendue !

La cruauté marche sans déambulateur.

Comme j'allais partir, Christiane me rejoint devant l'ascenseur :

— Ça s'arrange pour le 16, mais ne dites rien : on attend l'aval.

Je n'ai plus qu'à débarrasser la table et j'aurai sauvé quelques instants de lecture. La petite dort. Le reflet de la veilleuse me fait penser à ces lueurs de phare que j'aimais voir à la mer.

Le téléphone sonne. Majo s'est étouffée au dîner. Rien de spectaculaire, « juste un début », me dit-on. La gériatre a appelé les pompiers. Cette fois il était pour elle, le camion rouge garé devant les Œillets. Je préviens la voisine, qu'elle jette un œil au sommeil de ma fille – et je cours. Le Long m'avait parlé de son père hémiplégique, emporté par une fausse route. On lui donnait des bouillies qui le déréglaient par le bas, du solide qui s'effritait dans le haut : rien n'est inoffensif. Même la salive conspire dans la gorge. « Mon père est mort quand le peu de vie qui résistait est devenu dangereux. »

Une fois arrivée aux Urgences j'apprends que Majo en est repartie. Tout est rentré dans l'ordre. Une radio pour vérifier si l'éboulis a évité le poumon, des antibiotiques par précaution, et on repart. Je traverse hagarde la cour de l'hôpital. Message vocal d'Océane : « Tout va bien, elle voudrait que vous lui apportiez son livre d'Homère, elle dit que vous savez lequel. » Ce calme dans la voix : ce qui s'est produit relève du risque ordinaire.

L'interne m'a rendu le bilan sanguin : anémie, dénutrition.

— Sans compter qu'elle se vrille, ce qui réduit la capacité respiratoire.

La vrille, cette position affaissée des hémiplégiques, qui cercle la cage thoracique, enfonce l'estomac, « et je ne vous dis rien du cœur ! ». Ne dites rien, docteur.

Dès qu'elle me voit Christiane rectifie :

— Elle ne s'est pas étouffée, elle s'est étranglée.

Majo m'accueille comme si rien ne s'était produit :

— Tu as oublié Homère, qu'est-ce que tu as dans la tête ?

Quand je lui parle d'hier, elle s'agace : les soldats du feu pour une bricole, quelle idée ! Majo n'imagine pas ma peur. Elle ne sait pas qu'elle aurait pu mourir.

J'ai eu peur et *j'ai* peur. Quand je vois s'approcher l'heure des repas aux Œillets, je vérifie que mon téléphone n'est pas en silencieux. Je dors mal, je fais des bêtises au boulot. Il a suffi d'une faute de frappe sur un dosage pour que Buchwelt sorte de ses gonds :

— Nous aurions pu tuer Bordel !

Le chien de M. Soustragala s'appelle Bordel. Un gentil cocker noir si vieux qu'il se dépigmente par endroits, des reins en vestiges et de jolies taches bleues sur les prunelles.

— Vous êtes épuisée. Votre grand-mère vous cannibalise. Il faut prendre du recul. Le moindre pépin vous envoie dans le mur.

J'en reste pantelante. Chaque mot m'a giflée.

— Vous appelez ça un pépin, quelqu'un qui s'étouffe ? Arrêtez avec votre recul : si je n'y vais pas, c'est fini, d'accord ?

Des larmes me sont venues d'un coup. Buchwelt me saisit par le coude et m'assoit dans son bureau. Il ne pourra pas vérifier tout ce que je fais, ni réparer ce qui se passera, car il se passera quelque chose. Je me vois avec stupeur serrer les poings.

— Si, Chloé, il se passera quelque chose. Je ne parle pas du boulot, je parle de vous. À cette cadence vous ne tiendrez pas. Je vous donne trois jours. Trois jours sans aller nulle part, juste pour récupérer. C'est un ordre. Et trois jours sans visite, jurez-le-moi.

Alice applaudira des deux mains : « Il n'arrivera rien : si Majo refait la guerre de Troie, elle ne peut pas mourir. »

J'annonce mon absence à Majo. Pas un mouvement de surprise ou de dépit.

— Tu fais bien.

Trois jours sans les Œillets. Du temps libre avec Lucie. La joie de ma fille, la note aiguë de sa joie. Arpenter Paris en sautant de bus en bus, sentir sa main dans la mienne à la boulangerie, griller ma carte bleue en cadeaux. Goûter les longues lectures sans mettre au carré l'appartement. Je sursaute quand mon téléphone sonne, mais les nouvelles sont bonnes : « On a fêté l'anniversaire de sa bonne amie Juliette… 86 ans ! »

À mon retour aux Œillets le service m'a accueillie comme si j'étais partie de l'autre côté des mers. Je ne m'attendais pas à cette gentillesse. Je n'ai pas pu couper au gâteau de Nina, au café de Mazzini, à la cigarette avec Roxane. Mme Rybakov, on ne la voit plus ?

— Hospitalisation, murmure Christiane.

Majo avait réfléchi à ce qui lui plairait pour une nouvelle lecture à voix haute. *Les Frères Karamazov*. D'accord, quels passages ?

— Non, tout.

J'ai vérifié sur mon portable : 900 pages, j'avais bien fait de prendre un répit. Les voisines commençaient à vociférer derrière le mur, Majo exultait :

— Tu peux y aller, ma chérie, elles se retiennent quand tu es là.

Déjà ? Oui. Ma vieille que j'avais imaginée languissante en mon absence m'indiquait la sortie. Je décidai de récupérer dans le réfrigérateur les chocolats que je destinais à Juliette pour ses 86 ans. Je pris la direction de l'aile nord.

— Ah bah il ne fallait pas ! me dit Juliette, tenant à me faire asseoir pour engloutir trois truffes à la file.

Le plaisir lui embrasait les pommettes, elle s'en fichait partout, le foulard rose brunissait à vue d'œil. Je remarquai la photo noir et blanc d'une toute jeune fille souriante, cheveux crantés, robe à pois, à bicyclette devant un manoir à colombages.

— Des vacances en Normandie ?

Le mot « Normandie » arrêta net toute mastication.

— Ah bah je vais vous raconter.

Et Juliette a raconté.

À 15 ans elle avait atterri dans le Calvados après la mort de ses parents sur les routes de l'exode. On l'avait placée chez les sœurs à Blonville-sur-Mer. Le dimanche on la confiait à des gens très bien, les Terrasson. Le dimanche, trois ans durant.

— Première côte après Deauville, un virage en épingle : on ne peut pas rater la maison.

Le domaine Terrasson avec le parc, les balançoires, les seringats, les roses trémières, les cygnes sur l'étang. La tente bicolore où on servait le goûter au bord de l'eau, les nappes écossaises pour le pique-nique, les paniers qu'on envoyait à dos d'âne parmi les coquelicots. Juliette revoyait tout et je traversais par sa voix un tableau impressionniste de lumière et de feuilles. Un monde impeccable, débarrassé des ombres de la guerre. Puis elle mentionna un certain Denis, neveu chéri des maîtres de maison. Un beau garçon plus âgé qu'elle, qui ne manquait pas un dimanche.

— Ah bah on se plaisait. Amoureux, quoi. Il peignait de jolies choses. Je le rejoignais dans l'atelier, attention, en tout bien tout honneur ! Nous avons eu de bons dimanches.

Juliette avait fini la guerre à Strasbourg, adoptée par un oncle. Denis s'était fait un petit nom dans la peinture. Ils se sont écrit quelque temps, une adresse à Paris, des projets pour se revoir un de ces jours.

— Et alors ? fis-je.

— Ah bah c'est tout.

Elle ne l'avait pas revu. Plus de nouvelles. Elle avait pensé qu'il s'était marié et peut-être installé à l'étranger.

— Mort, non, certainement pas. Je l'aurais senti.

— Et les Terrasson ?

— Ah bah un jour les cartes de vœux me sont revenues. Des gens si gentils.

— Vous n'avez pas voulu revoir Blonville ?

— Je m'appelle Juliette Trichard, née Sifflet.

Je fis à Majo le récit de la conversation. Elle s'emballa aussitôt :

— Tu as remarqué la clé qu'elle a autour du cou ? Je te parie que c'est la clé de l'atelier. L'atelier de ce Denis. Dire qu'elle n'est jamais allée ouvrir cette porte !

Majo rêvait à voix haute, jouant à la Miss Marple des amours perdues : si son Denis y avait laissé des tableaux, des portraits d'elle, des lettres d'amour, pourquoi pas des bons du Trésor ?

— Il paraît qu'il était fou d'elle, qu'il avait juré de la sortir de la mouise.

— Tu as trop lu, Majo.

— Une vraie clé autour du cou depuis tant d'années, il y a du roman là-dessous, forcément ! Les choses aussi se lisent, tu sais.

Majo voudrait que je prenne rendez-vous chez Angélique : elle aimerait être bien coiffée « pour les fêtes » – le dîner du 16, qui reste à confirmer. Je n'avais pas mesuré le désastre : d'exorbitantes repousses aux racines, des épis christiques derrière le crâne.

Le salon ressemble au monde du dehors, le bruit des casques, les magazines, l'odeur de laque.

— Je la mets en fin de journée pour vous la chouchouter.

Délicate Angélique, j'aurais dû me méfier de toi.

Ce jeudi je viens chercher Majo au salon et la découvre jetée en travers d'un fauteuil, genoux en l'air, tête en bas sous un casque chauffant à la tige inflexible en fonction duquel on l'a proprement pliée. Je l'en sors rouge et suffocante.

— Votre maman tient mal sa tête, bredouille Angélique, comment voulez-vous que je fasse ?

Dans ce fleuron d'un groupe coté en Bourse, on n'a pas jugé bon d'acquérir le matériel adapté ?

— Ce n'est pas moi qui décide ! répond Angélique.

Et un verre d'eau, elle ne pouvait pas offrir un verre d'eau ?

— Ici on me dit que c'est du soin et que, moi, je ne suis pas dans le soin !

Débarque la responsable « Contact Familles », prévenue par une bonne âme, une de ces créatures communicantes qui se multiplient partout. Badge doré en lettres anglaises, foulard d'hôtesse de l'air :

— Alors, madame B., on voulait être jolie pour Noël ?

Je la menace de l'installer en origami sous cette tige de malheur, mais rien ne la démonte :

— Angélique, voyons, il fallait passer le séchoir à main, tout simplement !

« Le séchoir à main. Tout simplement. » Ma rage s'évente. Majo m'attend, et je perçois sa peur. Cette peur enfantine de fâcher, que soudain je partage. Si cet épisode compromettait le dîner du 16 ? Est-ce que je ne devrais pas faire profil bas et contribuer à la bonne mise en plis de l'incident ?

À la maison, retour de la rage : je ne vais pas m'écraser. J'écrème sur Internet les professionnels du cheveu dans l'espoir d'y glaner un conseil, une suggestion d'équipement. Ou même un bricolage à l'heure des derniers brushings. Rien. Toutes les institutions revoient leur pratique, mais pour les vieux on ne change rien. De site en site j'atterris sur la maltraitance du troisième âge, les caméras cachées, le scandale des établissements véreux. Nulle part la moindre ébauche d'un système plus vivable et plus vivant. On n'investit pas pour le troisième âge, mais *dans* le troisième âge : du locatif pour rentier avec simulateur de rentabilité et autres eldorados de la silver économie. Et je suis là, moi, avec mes petits bras.

La durée moyenne d'un séjour en Ehpad est de trois ans : je vais trois ans durant me dire qu'il fallait faire quelque chose sans savoir quoi ? Je n'ai plus Théo pour me souffler d'être raisonnable : la tristesse peut m'avaler tout entière si je ne trouve pas ce « quelque chose ».

Et je ne trouve rien.

Le lendemain je ne dirai rien de cet épisode avec Angélique. Majo elle-même a tourné la page, toute contente de sa nouvelle coiffure. Je m'en veux de m'être emportée, j'essaie de croire que les gens font du mieux qu'ils peuvent, mais je n'arrive pas à m'en convaincre.

— Je reviens, dis-je à ma vieille comme s'il pouvait en être autrement.

Le son du piano me happe devant l'aquarium où Betta roule sa solitude. Je repars. Personne à la cafétéria. Je remonte par l'escalier de service. Un couloir, deux couloirs, l'enfilade des portes, un sapin, un autre sapin. Un salon vide, des plantes vertes dans des cache-pots dorés. Derrière moi, une voix :

— On s'en grille une ?

Roxane. Son paquet de cigarettes et son paquet de sourires.

Tout est gris, les fenêtres commencent à s'allumer, le vent fait courir les papiers gras sur la descente du parking. Nous nous tenons dans la bulle chaude de notre fumée. Je cherche ce que je pourrais dire, Roxane vient à mon secours :

— On t'a parlé de notre projet, le frangin et moi ?

Non, mais qu'elle raconte : ça fait du bien, un projet.

Clin d'œil appuyé :

— Je peux compter sur ton avis de journaliste ?

Ils voudraient monter une boîte de transports secteur grand âge et handicap, mais « nouveau concept ». Il s'agirait d'organiser des allers-retours souples et sûrs entre la résidence et toute destination. Un système d'abonnement pour réduire les tarifs et créer un lien au long cours. Au client de profiter du monde en ayant affaire aux mêmes personnes. À eux d'accompagner et de donner les soins éventuels en toute confiance. Roxane aime ce mot, « confiance », elle le répète avec volupté entre deux bouffées de cigarette.

— La coupure entre vie d'avant et vie d'après serait moins violente. Les résidents entourés, les proches rassurés : tout le monde y gagne.

Elle insiste : je n'aimerais pas avoir Majo un après-midi à la maison ? Lui offrir cet été quelques jours de vacances quelque part ?

À la maison. Été. Vacances. Chez elle.

— Il faut voir.

— On a déjà un premier véhicule. Parles-en pour voir si le concept intéresse. À l'extérieur, parce qu'ici, top secret !

Je devrais l'encourager, appuyer l'idée, mais je n'y crois pas. J'éprouve ce scepticisme flemmard qui m'irrite chez les autres, celui que Théo m'a souvent opposé, celui qui à vaste échelle pétrifie les systèmes.

J'imagine mal ma vieille en fauteuil avenue Parmentier, quelques heures et demi-tour. Combien ils me manquent pourtant, ces apéritifs que nous prenions au début des beaux jours, premières fleurs au balcon, ciel giflé de martinets. Sortir Majo ? Elle se crispe quand une stagiaire remplace Océane, quand Juliette est en retard au goûter. Il ne faut rien bouger à celle qui ne bouge plus.

Revenue dans la chambre, je repense à Roxane. Elle et son frère mettent la main aux choses, ils n'attendent pas du monde qu'il se corrige. Majo me sourit, je l'embrasse, elle retient ma main dans la sienne. Rien de la lumière de son visage n'a vieilli.

— Au fond, personne ne me manque, lâche-t-elle tout à trac. Enfin, si, toi tu me manquerais si tu ne venais plus.

Mais je viens, Majo, je viens.

— C'est ce que j'étais qui me manque.

Que répondre ? Je lui raconte ma conversation avec Roxane. Majo l'aime bien : elle la voit quand elle vient chercher les gens, sa façon de leur parler, de les toucher.

— Elle fait tout comme il faut.

Je tâte le terrain : elle se laisserait embarquer par Roxane et Richard pour un moment avec nous ? Majo prend un temps de réflexion, avec la tête que je lui voyais quand elle bûchait sur les thèmes grecs.

— À la maison, non, mais faire un tour, pourquoi pas. Un tour à la mer, ça me ferait plaisir !

Elle ne se rend pas compte. Un tour à la mer !

J'ai Alice à dîner le soir même et comme convenu je teste le projet de Roxane. Elle m'écoute, contournant un noyau d'olive avec la dextérité incisive du lapin :

— Bien vu, leur truc. Ils vont se faire un de ces frics avec nos vieux jours ! Ceci dit, avec le réchauffement et tout le reste… ça m'étonnerait que Satan nous offre des olives.

Satan est la passion d'Alice.

— J'ai un avantage sur pas mal de gens. Je sais où est Satan. Si on est honnêtes, rien ne va si mal pour nous. Ta vieille n'est pas en forme, j'ai un problème de célibat, la Terre court à sa perte, mais quand même. Une santé impeccable, un pays en paix, de l'argent, et toi, ta fille merveilleuse. Il faut encore qu'on se plaigne et qu'on se fabrique des problèmes. Dès que quelqu'un tente un début de pensée, on l'enterre avec ! C'est là qu'est Satan, dans ces foutues idées pour nous gâcher la vie.

Après le départ d'Alice, j'avais un peu bu, j'étais fatiguée, j'ai failli téléphoner à Théo. J'aurais aimé son avis, sa voix. Avant, on se serait assis sur le canapé, j'aurais posé la tempe sur la pointe externe de son épaule. J'ai cherché le nom de cet os-là : « le tubercule majeur de l'humérus » appelé « trochiter ». J'aurais pu envoyer un texto à Théo : « Ton trochiter me manque », mais j'en ai fait un autre, pour Roxane : « Votre projet est top, foi de journaliste. »

Nouveau coup. Christiane et Nina m'ont saisie à la sortie de l'ascenseur :

— On vous prévient, elle s'est fait une belle bosse au front.

Majo est tombée : elle a glissé de son fauteuil, on l'a trouvée par terre.

— Ce sont des choses qui arrivent : le résident s'endort, se tient mal, et son poids l'entraîne. Le docteur l'a examinée, tout va bien.

Majo est là, me suis-je dit avec soulagement en gagnant la chambre, comme si elle avait pu quitter les lieux.

La bosse au front est énorme, violette, un postiche dans un maquillage de film. Majo ne sait pas ce qui s'est produit et n'y attache pas d'importance. A-t-elle eu mal ?

— Un peu, mais on m'a mis de la glace.

J'insiste : si elle s'était cassé le bras ?

— Je suis solide.

Seulement je viens de voir ce qu'elle, elle ne voit pas et ne sent pas. Majo glisse dans son fauteuil. La vrille. Alors même qu'elle me parle, son bassin lui échappe de quelques millimètres.

— Je te remonte ?

Je viens de sortir la phrase que j'ai souvent entendue dans la bouche des aides-soignantes et c'est en copiant ce que je leur ai vu faire que je me penche pour la soulever et la poser au fond de l'assise. Elle n'est guère plus lourde qu'une enfant.

Quand j'ai glissé mes mains sous ses aisselles j'ai senti sa bonne chaleur. Chaleur du creux, chaleur du souffle. La vie s'obstine quand tout faiblit, ce sursaut de force prend pour chacun un biais différent. Une façon énergique de tenir sa tasse, d'ouvrir la bouche au bord d'une cuillère.

La décision de dire oui et de dire non. Un souffle soudain sur un visage. D'un coup surgit, au milieu du livre ancien des rides, la brise d'une courte page blanche.

Majo s'est endormie, le visage rouge et luisant.

Où pourrais-je téléphoner tranquille ? L'espace Réminiscence. Je m'y enferme et aussitôt des larmes me viennent, dures et serrées comme ces boules sèches de mouchoirs en papier que je repêche au fond de mon jean. Il me faut Théo. Les yeux perdus sur le Mont-Saint-Michel, je supplie pour qu'il décroche.

À l'instant même où il prend mon appel, mes larmes ont disparu. Je déballe tout, l'accident à table, la chute, la bosse, l'endormissement brutal.

— Qui aurait dû la réinstaller ? dit-il. La redresser, c'est leur travail. Et qui lui a donné à manger l'autre soir ? Deux erreurs à la file ! Demande des explications. Tu veux que je m'en occupe ?

— Dis-moi plutôt ce que tu fais dans ta Dordogne. S'il te plaît.

Aujourd'hui, ils ont travaillé en forêt sous un beau soleil.

— Fergus veut mettre en valeur les châtaigniers, les seigneurs de la vallée, comme il dit.

Des châtaigniers ! Quelle chance. Rien ne me semble plus urgent que la proximité des arbres. De nouveau les larmes me viennent, je les maintiens de mon mieux en équilibre entre les cils. Ma voix tremble :

— Tu verrais la pièce d'où je te parle…

Ce que j'ai sous les yeux me déchire.

À qui ces gants en dentelle, la carte postale de Biarritz ? Et les 78 tours, qui ont-ils fait danser ? À qui ces objets, de quel passé les a-t-on sortis ? Des armoires de famille, des fonds de brocante, des vide-greniers ? À quels êtres perdus ont-ils appartenu ?

— Ne te laisse pas serrer le cœur, souffle Théo, je te rappelle ce soir. Et s'il te plaît, ne disparais plus, promis ?

Promis.

Quelqu'un vient de pousser la porte. S'y encadre, comme sortant de la décoration, la dame aux yeux bleu de Prusse.

— Vous êtes rentrée de l'hôpital, Mme Rybakov ?

Elle reste plantée devant moi sans répondre, avec un sourire plus large qu'elle.

Christiane débarque dans la chambre de Majo, accompagnée d'une jeune femme :

— Vous connaissez Fanny, notre psychologue ?

Une jeune fille fluette, un cahier à spirale sous le coude, que j'avais rencontrée à notre rendez-vous d'accueil.

— Alors madame B., dit-elle, on fait le point sur votre petit accrochage d'hier ?

Majo marque un temps de stupeur : non, elle ne s'est accrochée avec personne, bredouille-t-elle, tout le monde est gentil.

— Ta chute, nous parlons de ta chute.

Nouvel arrêt.

— Mme B. a besoin de se reposer, dit Christiane. Un Vittel-menthe dans mon bureau, mesdames ?

Nous nous installons dans le bocal, Christiane sort ses verres. Fanny vient juste s'assurer que tout va bien :

— La décompensation fait partie des suites éventuelles.

Ma question à moi, ce ne sont pas les suites, mais les causes :

— Quelqu'un n'a pas fait son boulot. Je veux savoir qui.

Un silence retombe, qu'émeut la ventilation de l'ordinateur.

— Soyez raisonnable, tente Christiane en fourrageant dans sa boîte de gâteaux. On ne peut pas mettre une fille derrière chaque fauteuil.

— Ni fixer un système d'attache, glisse l'autre. Ce serait attentatoire à la dignité des personnes.

Attentatoire ! La dignité ! Mais alors qu'on fasse attention ! Combien de fois les filles suivent la télé avec ces dames sans même leur jeter un œil ? Et celles qui prétendent numériser les dossiers alors qu'elles font des réussites sur l'ordinateur ? J'écume :

— Vos stagiaires sous-payées, vous pensez qu'elles se fatiguent à rasseoir les vieux ? Les nanas qu'on envoie aux résidents faciles, les Magali qui ne font pas d'histoires ?

— Nous sommes de l'humain, nous travaillons avec de l'humain.

— Je ne vais pas en rester là, Christiane. Coup sur coup deux boulettes, et vous voulez que je lâche l'affaire ?

Fanny saisit la balle au bond :

— « Lâcher », justement, vous avez du mal à lâcher. Vous surveillez le personnel, vous réclamez sans cesse des arrangements... Ne vous énervez pas : je constate, je ne juge pas. C'est mon travail de parler avec vous. Nous aidons les familles parce que les aider à mieux vivre la situation du résident, c'est aider le résident.

Ce calme irréprochable. Ce flot de paroles d'un sucre fluide, qui ne caramélise pas sur des encouragements inutiles. Quelque chose pourrait s'effriter en moi comme les gaufrettes que Christiane a posées devant nous. Je reprends :

— Les explications, Mme Laplage me les donnera. L'omerta sur les maltraitances, elle sait que je connais le dossier…

Ces points de suspension flottent entre nous, papillonnant au-dessus des verres et des biscuits. Je savoure. C'est venu d'un coup, « omerta », « maltraitances », « dossier » : laquelle soufflera à l'autre que je suis journaliste ?

Fanny partie, Christiane referme la porte derrière elle.

— C'était Nina. Les deux fois, c'était Nina. Il manquait des filles, elle a dû aller trop vite.

Que ce soit Nina, ça m'achève. Il y a des gens qu'on finit par bien aimer : avec elle j'ai commencé tout de suite.

— Moi, j'aime mieux que ce soit Nina, dira Théo. C'était une défaillance, pas une négligence.

Sa voix au téléphone, le son des lèvres sur la cigarette, je reconnais.

— Toi, Chloé, tu n'as jamais failli ?

Je l'écoute en laissant mes yeux courir vers la pleine lune, énorme ce soir :

— Moi, je défaille en permanence !

Je ne ferai pas d'ennuis à Nina. Surtout qu'elle doit assez s'en vouloir. Théo ne dit rien, mais j'entends son sourire. Il est tard, nous avons parlé longtemps, nous n'arrivons pas à nous quitter. Au tout dernier moment, il dira :

— Tu m'as fait peur. J'ai cru que tu avais rencontré quelqu'un.

— Et moi pareil.

— J'ai déjà une amoureuse, mais elle habite à Paris et ne me prend même pas au téléphone.

— Une garce, laisse-la tomber.

La lune picote de sa neige les stores des Œillets. Chaque vieux dans sa boîte cherche le sommeil. Majo les yeux ouverts sur les aiguilles de son réveil. Des vieilles que je connais et d'autres que je devine dans l'ombre. Je pense à ceux qui n'ont personne pour prendre soin d'eux, à ceux qui n'ont pas de visites, ceux dont les enfants ne veulent rien savoir. Ceux qui tombés par terre y restent longtemps avant qu'on ne les voie. Ceux qui pleurent de peur quand se ferme la porte de la chambre.

L'autorisation pour le 16 décembre nous est arrivée par e-mail :

« Mme Juliette Trichard est conviée à titre exceptionnel au gala de l'aile sud. »

Scannée en pièce jointe, une invitation avec cette mention manuscrite de Laplage : « Nous espérons que cette soirée de fête fera oublier les désagréments des jours derniers. »

— Ils ont compris à qui ils ont affaire ! souffla Majo sans conviction.

Pas d'erreur : quelque chose en elle avait basculé avec la chute. Le bleu au front n'était pas beau, elle avait le visage moins mobile. Son buste s'affaissait davantage, son bassin glissait en avant, elle avait perdu du poids. Je la saisis sous les bras et la replaçai d'office. Son absence de résistance me glaça.

— C'est tout l'effet que ça te fait, lui dis-je, que Laplage ait cédé, que nous ayons Juliette, que Théo soit avec nous ?

J'avais rappelé les faits comme si Majo pouvait les avoir oubliés.

— Oh, tu sais, dit-elle, moi, la boustifaille…

Majo avait détourné les yeux. À mon tour je fixai le reflet de la fenêtre sur le chrome de son fauteuil.

Combien de fois j'aurais fait cet exercice d'absence. Perdre les yeux dans un pli du voilage. Sur l'iris blanc de Van Gogh. Sur la trace d'un clou au mur. Me soustraire pour mieux endurer d'être là. La première fois, c'était dans le parc, au temps des promenades sous les acacias. Les gosses jouaient à la sarbacane sur les balcons voisins. J'étais harassée par l'adieu aux chaleurs, l'odeur de moût de raisin s'élevant des pelouses, toutes ces dernières fois qui nous guettaient. Nous ne savions que nous dire, toutes les deux. Alors j'avais soulevé ce qui restait de moi pour me poser sur les bambous frémissants au bord du jardin. J'étais devenue l'oiseau qui y dormirait, la brise qui les traverserait, le râteau du jardinier, le pas du hérisson.

Seulement cette fois, je ne voyais que le reflet de la fenêtre sur le chrome du fauteuil roulant. Le temps était passé, des semaines, des mois : je ne soulevais plus rien.

— Tu sais, fit enfin Majo, pour mon Homère… Océane m'a dit qu'on peut mettre un pense-bête dans les téléphones.

Elle me regardait avec un visage d'enfance ; je lui pris la main jusqu'au moment où, nos peaux brûlées dans le silence, elle me la retira. Nous étions rendues à notre face-à-face. J'observai sur la table de chevet l'éphéméride intacte, le feuillet blanc tourné à la bonne date. Samedi 10 décembre 2011, 344ᵉ jour.

— Je voulais te dire, reprit Majo, ce n'est pas la peine que tu viennes autant. Tu te fatigues.

— Et si ça me fait plaisir ?

— Quand même, il faudrait mourir. J'ai bien vécu. J'ai eu des malheurs, mais j'ai eu des joies. Je t'ai eue !

— Ce n'est pas que tu m'as eue. Tu m'as.

Majo soupira. On entendait derrière la porte la rumeur du goûter qui se prépare, où je sentais qu'elle n'irait pas. Une tristesse pleuvait sur nous.

— Tu repenses à des choses ?

— Un peu. Mon mariage. Les premières années. Quand ta mère est morte aussi.

Majo avait dit la phrase qui nous arrêtait depuis toujours.

Je lui repris les mains, elle me les laissa, pleines et chaudes, si bonnes.

— Alors, pas de goûter ? fis-je. Tu abandonnes Juliette ?

Majo rouvrit les yeux, retrouvant sa vive présence, jusqu'au rose à ses joues – une de ses renaissances inexplicables.

— Juliette, puisque tu en parles… Tu sais, l'histoire avec son Denis à Blonville… Eh bien, je suis sûre d'un truc, j'en donne ma main à couper, et je n'en ai plus qu'une.

Elle était revenue, la Majo qui aimait inventer la vie des gens. Elle s'était mis en tête qu'Emma était la fille du peintre. Plus je riais, plus elle s'indignait :

— Des filles qui ont eu des gosses pendant la guerre, il y en a eu un paquet !

J'ai eu beau lui rappeler qu'Emma m'avait parlé de l'Alzheimer de son père et des visites qu'elle lui rendait à Senlis, rien à faire : elle s'emballait de plus belle. Le scandale que ça avait dû faire, un polichinelle dans le tiroir, voilà pourquoi « le Denis » n'avait plus donné de nouvelles.

— On ne trimballe pas toute sa vie une clé autour du cou sans une bonne raison. Une raison qu'Emma n'a pas voulu savoir, comme par hasard. Emma qui est née justement en 1944 : ah, ça t'en bouche un coin ! Tu crois que je ne sais pas me renseigner ?

Elle espérait que nous pourrions en apprendre un peu plus de Juliette pendant le dîner des familles.

— Que Théo la serve bien en vin blanc : tu verras qu'avec un petit coup dans le nez elle finira par lâcher le morceau. Vous vous y mettez à fond tous les deux, promis ?

Quand Théo sonna à la porte il s'appuyait sur une béquille, qui tomba avec fracas comme nous nous serrions dans les bras.

— Qu'est-ce que tu as ?

Sa chaussure droite était coupée à l'arrière et coiffée d'une chaussette proéminente.

L'accident s'était produit en forêt. En travaillant à la tronçonneuse Théo avait titubé, surpris par le retour de l'appareil, et la chaîne en action avait glissé sur sa botte : il s'était entaillé le talon jusqu'à l'os. Suivit un discours médical dont je ne compris pas le quart : perte tissulaire, suture impossible, appui en charge, cicatrisation difficile. Pourquoi ne m'avoir rien dit ? Il se laissa choir dans le canapé :

— Je ne voulais pas que tu te sentes obligée de quoi que ce soit.

Je m'affairai à lui surélever la jambe, à l'entourer de coussins ; Théo me regardait, les yeux mi-clos comme un matou dont on gratte le ventre. Je filai dans la cuisine préparer un thé, haussant la voix pour qu'il m'entende :

— Alors nous ne pourrons pas danser vendredi ?

Après le Noël des familles, une fois les résidents couchés, la coutume voulait que le personnel danse en finissant les desserts, des invités extérieurs pouvaient participer. « Ça nous ferait plaisir si vous étiez des nôtres, m'avait dit Océane, pour une fois qu'on s'amuse ! » Cette idée m'avait plu : moi qui n'aimais ni les bals ni les boîtes, je voulais danser.

— Je ne crois pas qu'il existe une danse pour unijambiste, fit Théo, mais j'ai cinq jours pour l'inventer.

Il fallait changer son pansement chaque soir : la plaie au talon étant difficile d'accès, je m'en chargeai. Je rejoignais Théo dans sa chambre après m'être assurée que Lucie s'était endormie. Il m'attendait couché sur le ventre, je posais son pied blessé sur ma cuisse au milieu d'un attirail de gaze, bandages et Betadine. J'ai commencé à mieux m'y prendre le troisième soir, ce troisième soir dont je ne savais pas encore qu'il ouvrait un autre temps. Beaucoup de nos commencements sont invisibles.

Théo avait eu besoin de tout raconter de l'accident. Sa voix me parvenait assourdie par la bouche de profil sur l'oreiller.

Ce matin-là, il était parti s'occuper d'une coupe dans un bois en fond de propriété avec un jeune gars du village.

— J'avais pigé la tronçonneuse, le boulot avançait, on finirait plus tôt. On rentrerait le matériel avec le camion le lendemain. J'en étais là quand la lame a ripé, j'ai vu partir l'arrière de ma botte comme un bouchon de champagne et mon pied s'est mis à pisser le sang. J'ai compris que c'était sérieux quand j'ai vu la sciure rougir autour de moi et Alex qui menaçait de tourner de l'œil.

Ils étaient loin de tout, dans une zone blanche du portable, comment faire ? « Il y a bien Vincent », avait fait Alex. Vincent, un ancien contremaître à qui on avait cédé un pavillon de chasse désaffecté, sans eau courante ni électricité. « Vas-y vite ! » La douleur montait. Théo gardait le pied en l'air mais le sang ne tarderait pas à lui couler sur le visage.

Vincent, un de ces vieux poivrots qu'on voit dans les campagnes, brûlés debout dans des pantalons raides, un fourre-tout roulant en guise de fourgonnette. « Tu t'es bien arrangé », avait-il marmonné en dégainant une sorte de lanière en caoutchouc. Un truc hors d'âge, cuit comme une bouillotte. « J'ai envoyé le petit prévenir les pompiers, on va attendre gentiment. » En deux minutes il avait posé le garrot sous le genou.

— On n'a pas dit grand-chose, tous les deux. J'avais moins mal. Vincent roulait des cigarettes, une fois pour lui, une fois pour moi, qu'on commençait à peine et qu'on ne finissait pas. Tu sais ce que je me disais ? Qu'on est injuste avec ce genre de vieux.

Théo se retourna, sortant hors du matelas son pied bandé. La musique, en position *repeat*, recommençait tout bas les plaintes d'Ariane abandonnée sur son rivage.

— On ne retient de lui que ce qu'il n'a plus, reprit-il. La force, la beauté. Le rôle social. Tout ce qui s'est barré. N'empêche qu'il a su faire pour moi un truc auquel je n'aurais même pas pensé. Est-ce qu'on sait ce qu'il connaît de la vie ? Ce qu'il met en route chaque matin pour tenir ? On a tellement les chocottes en regardant les vieux qu'on les trahit. On trahit tous les vieux, même les vieux dorés des Œillets. Tout ça pour te dire que tu avais raison. Je ne te ferai plus la leçon.

Allongés sur le lit nous nous tenions à peine plus près que nous ne l'aurions fait avant, avant que Théo soit parti. Sauf que cette fois je ne pouvais pas me lever. Une attraction délicieuse s'exerçait. Sa présence contre moi, ses yeux si près. Son torse que je devinais sous le peignoir. Nos têtes s'étaient rapprochées. Nos phrases s'espaçaient en murmures, la douceur nous gagnait.

J'avais assez dit et redit qu'il ne fallait pas me jouer l'air de la passion, ni même la chansonnette des désirs – mais la partie du lit qu'occupait Théo, pourquoi fallait-il qu'elle me semble inclinée et chaude ?

Le présent s'est mis à crépiter de toutes ses secondes neuves. Je voulais que Théo m'embrasse. J'aimais sa bouche. J'aimais ses mains. J'aimais tout de lui.

Vient enfin le jour où on peut dire « demain ». « Demain, c'est le Noël des familles. »

Maintenant que Théo est de la partie, j'ai le cœur à la fête. Je me fais une joie de choisir une tenue habillée conforme au *dress code* et de lâcher pour une fois mes bottines. Théo n'a pour sa part aucune hésitation : il mettra son smoking.

Deux ou trois fois je l'ai vu sortir du placard un smoking un peu défraîchi, qu'il a enfilé pour son seul plaisir. Étonnant qu'il en ait un, lui qui pratique une élégance relative. À quelles occasions peut-il l'avoir porté ? À quoi riment ces essayages solitaires ?

— Un vestige du temps de ma splendeur, m'a-t-il lâché.

Je n'ai pas cherché à en savoir plus, le sachant économe sur ses vies antérieures. Théo a besoin de ses ombres comme moi des miennes.

Perdue dans mes pensées, je ne l'ai pas entendu ronchonner : il soutient, en caleçon et fer à repasser en main, que le pressing a massacré le travail.

— Il est carrément chiffonné !

J'ai de bonnes raisons de le savoir.

Avant son départ en Dordogne Théo avait donné à nettoyer son smoking en me confiant le ticket. Dans la colère où m'avait plongée son absence, j'avais tardé à le récupérer. Pour jouer au joli cœur chez les bouseux, il n'y avait pas le feu ! Pas question, ensuite, de le ranger dans la chambre de monsieur. Toutes ces dernières semaines j'avais laissé le malheureux costume sous son film plastique, pendu à une étagère du couloir, et si, frôlant le cintre, je le faisais tomber, je ne m'empressais pas de le ramasser. Il n'était pas impossible que j'aie marché dessus.

Théo vient d'enfiler le smoking à peine repassé. Il lui va à merveille. Ce dernier soupçon de froissement s'accorde à sa belle désinvolture.

— Il est mort, je te dis ! gronde-t-il.

Peut-être, mais je ne suis pas inquiète : avec lui tout revient à la vie.

Majo aurait préféré un souper entre nous dans la chambre. Un plateau amélioré, un film à partager. Une soirée tendre et simple. La veille encore elle résistait à ce projet qui n'était pas le sien. Était-ce si difficile de se soustraire à l'ordre général ?

Je n'entendais pas parce que Théo était revenu. Ces quelques jours tous les deux me rendaient une vie heureuse que j'avais égarée. Nous avions marché dans Paris, moi en lévitation, lui en claudication. Nous avions remonté la Seine et compté quelques-uns des 37 ponts que dans sa dévotion pour Apollinaire Théo rêvait d'arpenter. Nous avions chuchoté dans les églises et mangé sur le pouce sur les bancs des jardins, dans la royale indifférence au froid que donne la joie. J'oubliais tout. Ma fille chez son père, le boulot que je reprendrais lundi, le train qui remmènerait Théo. La faiblesse croissante de Majo.

Nous arrivons parmi les premiers. Dans l'agitation des extras et des invités tout le bâtiment est méconnaissable. Une sorte de paquebot où on court de pont en entrepont, avec tout en haut, en équilibre sur la plus haute cheminée, l'aquarium de Betta splendens.

La folie s'empare des couloirs. Les filles jaillissent des vestiaires, dentelles, gloss, des rires plein la bouche. Les résidentes sortent des chambres, en grande tenue et rouge aux lèvres. Richard officie à l'ascenseur :

— Ces dames sont prêtes pour les danses bulgares ?

Théo force un sourire, et moi je glousse. Nos vieilles passagères ne réagissent pas, enveloppées dans leur monde.

— Jeunes filles, direction le salon de musique !

Tout le monde est là. La file s'épaissit à mesure qu'on se rapproche des festivités. Des sexagénaires hagards aident leurs vieux parents à avancer. Les déambulateurs resquillent par les côtés, Mme Tardy en tête, guirlande de Noël autour de la casquette. Nous longeons la salle à manger avec les porcelaines coiffées de serviettes de table :

pli éventail ou mexicain ? La tête de Majo s'éloigne dans le flot dès que Berline Frediluce a saisi son fauteuil. Je n'ai plus envie de rire. Malgré Théo à mes côtés, je donnerais tout pour ne pas être où je suis, pour que personne n'y soit.

Le salon est plein comme un œuf. Air chaud, vague odeur de corps tièdes et de parfums de marques. Nous sommes debout, plaqués contre le mur. Par-dessus la houle des mises en plis je vois Le Long près de sa mère, Mazzini et Celle-qui-n'arrive-pas-à-ouvrir-les-bonbons, Christiane qui tient la main de Mme Rybakov. Et celle-ci, cette momie furibarde au premier rang, ce serait ma vieille à moi ? Je lui fais signe, mais la musique est lancée, les danseuses aussi. Elles virevoltent dans une ronde de jupons bigarrés.

Je comprends vite le principe : entre deux danses, un interlude interminable pour changer de costume et montrer la palette des tenues régionales dont on se contrefiche. Chaque intermède nous enlise davantage. Majo se tasse dans son fauteuil : et si elle glissait ? J'imagine le bruit sourd de sa chute, le brouhaha autour d'elle mais quand je reviens à la réalité, elle est là, effondrée près de Juliette au contraire droite et fossilisée dans l'attente. Je vais de visage en visage, je vois la gentillesse des visiteurs et leur embarras, tout un ressac d'émotions sans que pour ma part je puisse en éprouver une seule. Je suis là sans y être, je déchiffre l'assistance comme je le ferais d'une myriade d'étoiles à l'aide d'un télescope.

On annonce enfin le dîner. Tout le monde joue des coudes : cap sur la salle à manger. Il faut aller récupérer Majo. Théo me fraie la route à contre-courant, je le suis en tenant le bord de sa veste. Chaos général. Les mamies branlantes sont soulevées de terre, les fauteuils roulants déplacés comme les bacs à fleurs des orangeries de château.

Christiane retire des chaises – les familles se dégonflent au dernier moment : il faut éviter le choc des places vides. On éparpille les vieux le long des nappes. Les sièges en trop sont escamotés, les couverts espacés, tandis que Laplage entame son discours dans une brume d'indifférence.

Suit la ronde des plats chiqués, mousses et canapés ceci, chaud-froid de cela. Majo a repoussé l'assiette et roulé son dentier dans sa serviette. Juliette est là, paisible. A-t-elle sa clé sous son foulard ? Que sont devenus la maison de Blonville et le peintre ? La jeune fille du bord de mer ?

À notre table, un beau vieillard, complet sombre et boutons de manchettes, me demande de le servir en vin. Une bouteille a jailli du pied de table qui la dissimulait :

— Un saint-estèphe apporté par livreur spécial, souffle-t-il.

À peine ai-je empoigné la bouteille que s'incarne la gériatre d'ordinaire invisible :

— Monsieur Dargipreux, votre tension !

Il ne lui accorde pas un regard.

— Mademoiselle, me dit-il, me ferez-vous l'honneur de m'accompagner ?

Pour honorer, j'honore : bientôt le Château Montrose déroule en moi son chaud ruban consolateur. Plus rouge à chaque gorgée, mon généreux donateur a une descente redoutable. Saint Estèphe, priez pour lui, qu'il n'aille pas calancher sous une rafale artérielle. Ô dieu des libations bordelaises, veillez sur moi, que la famille ne m'en fasse pas reproche – un instant je m'imagine menottée chez Laplage. Théo à mes côtés, je penche contre son bras, laissant mon esprit voguer sur les brins de conversation et la confusion des visages.

Et d'un coup il est tard.

Tard pour Majo. Et pour les autres. La fatigue leur est tombée dessus. Bruits de chaises, éclats de voix : les valides préparent leur repli, M. Dargipreux s'offre de reconduire Juliette à l'aile nord. Les invités s'envolent, s'en remettant aux « filles » pour la suite – mais les filles ne sont pas là. Où sont Christiane et Nina, qui papotaient tout à l'heure ? Océane, qui a promis de revenir et ne revient pas ? Personne.

— Ne cherche pas, dit Théo, ça picole sec en cuisine. Montons.

Nous attendons dans le salon. Visage dévasté de Majo. Pourquoi lui avoir imposé ce simulacre ? La version luxe d'une fête de crèche – sauf que les bébés ont vieilli et qu'aucun d'eux n'a mérité ça. Je m'avance contre la baie vitrée. Les lumières de la ville se perdent dans la buée, et, dans la buée aussi, les mots patients de Théo qui redresse Majo dans son fauteuil. Qu'un prochain Noël nous soit donné et j'aurai appris les gestes de la toilette et du coucher. Qu'un prochain Noël nous soit donné et je lui porterai un plateau dans sa chambre. On partagera du jambon-purée devant le film du soir en s'embrassant comme du bon pain.

De l'ascenseur sortent d'autres vieux éreintés et vieilles solitaires. Aucune trace des auxiliaires de nuit. Roxane nous sauve la mise, qui rouvrira la porte une fois Majo au lit. Pourquoi je n'ai pas osé la coucher moi-même ?

Quand je vois Chopinot qui s'occupe si bien d'Odette ? Pourquoi y a-t-il une ligne que je ne peux pas franchir ?

— Parce que toi, tu la vois la ligne, dit Roxane, et elle aussi la voit.

Je vais m'asseoir dans le salon quand Théo saute droit sur ce qu'il lui reste de pieds :

— On a oublié Bordel !

Buchwelt avait opéré le chien de M. Soustragala avant de décoller pour Bali. Il m'avait demandé de faire un saut à la clinique vers minuit.

Il est 2 heures du matin.

Nous étions glacés en entrant dans le labo. À la lueur de la veilleuse nous avons vérifié si la flaque derrière la grille était encore un chien vivant. Tout allait bien, Bordel avait presque l'air gaillard, mais en fixant le puits sombre de son regard, c'était ma honte que je voyais. J'avais la confiance de Buchwelt, celle du maître de ce chien, du chien lui-même, et j'avais oublié. J'allumai les néons, préparai le matériel :

— Attends-moi dans le bureau.

Théo hésita, une seconde interminable.

— Le bureau, là, à côté, ai-je répété sans cesser de caresser le chien qui fondait sous mes paumes.

La perfusion placée, j'ai pris du temps pour l'observer, pour m'observer aussi et chasser les ombres de la soirée. Majo n'était pas morte et il n'y avait aucune raison qu'elle meure cette nuit plus que n'importe quelle autre nuit.

Quand j'ai rejoint Théo, il était allongé sur le canapé de la salle d'attente. J'ai cru qu'il dormait, il avait défait ses chaussures, posé son pied blessé sur l'accoudoir, et je retrouvai le trou familier à l'orteil de sa chaussette. Quand nous vivions ensemble il n'y avait pas de lessive sans que nous sortions du tambour une de ces chaussettes éborgnées qu'il attribuait à un pied trop pointu, sa « morphologie de pharaon », disait-il. Ce détail, quel étrange plaisir j'en avais soudain. Il ne restait à son chevet que le lampadaire de lecture réglé au minimum. Je me suis assise tout au bord du canapé que ce grand corps engloutissait.

— Je ne dors pas, a dit Théo sans bouger, je te regarde. J'ai la technique pour voir sans être vu, juste à travers les cils.

— Et comment tu me vois, s'il te plaît ?

— Si je te le dis tu vas voir clair dans mon jeu.

Je me suis allongée près de lui, de profil, mon dos contre sa poitrine. Il a laissé le poids de sa main sur ma hanche. Alors c'est moi qui ai parlé. J'ai dit que je voyais clair dans mon jeu à moi.

J'avais été en dessous de tout avec ma pauvre vieille. Vieillir, c'est ça : on décide pour toi, on désire pour toi, tu deviens un objet manœuvré par l'amour des autres et par leur peur. On ne s'en sortirait jamais, tous, avec nos chocottes du putain de temps qui passe. Théo m'écoutait, je continuai :

— Bien sûr, tu vas me répondre que j'exagère, que le personnel est dévoué et que je suis une fille formidable. N'empêche, parfois, si tu savais, je préférerais qu'elle soit morte, que ça ait eu lieu. Qu'on soit libres, et quand je dis « libre » je le dis pour elle aussi.

Il y eut un silence, un bruit de satin froissé. Théo s'était redressé, avec ses cheveux qui luisaient dans la faible lueur :

— Non, je ne répondrai pas ça.

Et il m'a embrassée, et nos corps se sont ajustés l'un à l'autre. Un instant j'ai pensé que je sentais le vin et la transpiration, mais cette bouche qui me voulait c'était comme si je l'avais toujours connue.

Monday December 19, 07:50

De : Théo
À : Chloé

Tu résistes à tout, à ces kilomètres de nuit et de campagne entre nous, à la tristesse, à tout. Ta chaleur s'est collée à la mienne, tes cheveux à ma peau. J'ai dû m'arrêter plusieurs fois pour mieux voir la route. Tu occupais tout le pare-brise.

J'ai roulé avec l'aube et à l'arrivée, c'était la tempête. À cause du vent les chiens ne m'ont pas reconnu et se sont mis à hurler, Fergus est sorti avec sa carabine, tremblant comme un gosse dans un de ses pyjamas en pilou qu'il fait venir du pays de Galles. Il avait peur, pas moi : je regardais derrière lui, au-dessus du toit, le séquoia qui dansait dans ce zef infernal, silhouette noire sur le bleu du jour nouveau. C'était beau, cette danse de l'arbre, d'une beauté incroyable, j'en oubliais qu'il était là, lui, à m'engueuler parce que je l'avais réveillé.

Je lui ai proposé un café, il a sorti des croissants du congélo, je l'ai averti que j'étais désolé de déranger ses plans, mais que je serais obligé de remonter à Paris plus souvent. Pour te déranger, toi. Je croyais qu'il allait me virer, j'étais presque à le souhaiter, mais il a dit que tu avais de la chance. Ou plutôt qu'on était « une chance l'un pour l'autre ». La formule m'a plu, mais comme je n'avais pas l'air d'y croire, il m'a dit : « Demandez-lui. » Alors, d'accord, je te le demande.

Dis-moi oui.

Théo

Les jours qui suivirent le Noël des familles, nous avions disparu, Théo et moi. Absorbés par la merveille de nos présences, effacés de tout le reste. Pas de visite aux Œillets. J'avais besoin de tuer un peu Majo pour vivre. Théo me disait de prendre des nouvelles, mais je campais sur mon assassinat. Je voulais vivre ce qui venait, ne pas en gâcher une miette. Nous ne nous embrasserions jamais assez.

Quand le téléphone a sonné le lundi matin, je dormais encore après le départ de Théo dans la nuit. J'ai aussitôt reconnu le numéro du docteur S. Je me suis dit : cette fois c'est fini. Mais elle m'informait simplement qu'elle comptait prescrire à Majo une perfusion de confort pour remonter ses globules rouges.

De cette terreur de la sonnerie, de l'effroi du numéro sur l'écran, il m'est resté quelque chose. L'angoisse de mort a refait son nid dans mon crâne. Si je me relâchais, si je laissais fléchir mon attention, c'était la fin. On tombe vite dans la superstition quand un malheur nous prend de court, et ça marche aussi pour le bonheur dès qu'il va plus vite que nous. Tout m'échappait, des oscillations de ma vieille d'une rive à l'autre, et de cet amour sous mon nez et dans ma vie sans que j'aie su le voir.

La perfusion produisit sa magie. Majo reprit la lecture de son Homère et me demanda de placer la nouvelle année sur l'éphéméride :

— La galette des Rois, on a jusqu'à fin janvier ?

Elle tenait mieux sa tête. Elle tenait mieux dans son fauteuil. Elle tenait. Revenait la question qu'elle ne m'avait plus posée ces derniers temps :

— Comment vas-tu, ma chérie ?

J'aime ce mot, « chérie », désuet et tendre, une pluie de mai sur un jardin anglais, parfum de seringat par la fenêtre ouverte.

Pourtant l'impression ne me quittait pas qu'il s'en était fallu d'un rien pour que Majo passe de l'autre côté. Je repensai à une phrase qu'elle disait quand, pressée d'en savoir plus sur ma mère, je voulais qu'elle me précise les circonstances de l'accident : « Le choc s'est joué à un cheveu. » Du fond de mes 7 ans remonte cette conscience trop aiguë de la fragilité, sans doute Alice aurait-elle une théorie à ce sujet – au fond, tout se joue « à un cheveu ».

J'ai remis à plus tard le week-end en Dordogne. Je craignais qu'aux Œillets une catastrophe ne profite de mon absence. Pourtant tout allait mieux et Christiane était rassurante :

— Vous la verriez avec Mme Trichard, elles sont tordantes, on ne peut plus les arrêter : elles se sont mis en tête d'aller à Blonville toutes les deux, vous le croyez ?

Retour de Théo. À la gare d'Austerlitz, j'ai un trac terrible : si nous ne ressentions plus rien ? S'il avait repris ses distances ?

— Il est là ! crie Lucie en courant vers Théo pétrifié comme je le suis au bout du quai.

Nous nous serrons dans les bras et tout s'envole dans cette seconde.

Théo a gardé, accroché à son sac à dos, le mini-ours en peluche que Lucie lui avait offert en gri-gri le jour de son départ. Au milieu du pont, nous contemplons la Seine à Notre-Dame comme si nous n'étions pas d'ici. L'eau épaisse tournoyant autour des piles, les péniches chargées de sable, les mouettes, nous flottons un peu. Théo et moi évitons de nous toucher. Nous ne montrons rien à Lucie, qui part devant et revient en boucle se caler entre nous.

À peine est-elle couchée que nous tombons l'un sur l'autre. Notre jour véritable s'ouvre avec la nuit. Nous nous mangeons. Nous nous buvons. Nous avons encore faim, nous avons encore soif. Je regarde les mains de Théo sans croire qu'elles aient pu être loin de moi. Je regarde ses lèvres comme si je les avais gardées dans les miennes à travers le ciel et les champs et les temps d'inquiétude. Le matin je m'éveille avant lui et je n'ai pas de pensée pour le monde. Rien ne me conduit ailleurs. Je pose les doigts sur la crête des épaules, j'effleure le velours de l'oreille, je saisis le creux de son pied indemne avec le mien.

Nos petits déjeuners ne sont pas les petits déjeuners de notre vie passée. Les mêmes tasses pourtant, la même table, les mêmes odeurs de pain grillé, et dire que nous nous sommes tenus tant de jours parmi elles sans que rien ne se soit produit. Lucie joue dans sa chambre, nous avons approché nos deux chaises, bu et rebu du thé et du café. Je suis si heureuse qu'il doit sortir de moi quelque chose, comme un parfum ou une lumière qui arrêtera les gens dans la rue. Lui aussi brille. Nous n'en revenons pas. Il faut pourtant revenir.

— Si tu invitais Alice ce soir ? dit Théo. Je fais le dîner !

Lucie nous a entendus :

— Oui, maman, Alice, Alice, s'il te plaît !

Théo saisit le livre de recettes :

— Des huîtres au Noilly, vous aimerez.

Sa main assurée dans les pages, sa façon d'empoigner les choses. Mon portable tinte, réponse d'Alice : elle peut.

— J'irai l'attendre au journal, je veux lui dire pour nous deux.

J'ai parlé comme si j'avais à révéler une maladie grave.

Passer prendre Alice au journal, comme avant. Alice et moi avions nos habitudes, le verre de blanc au café de l'angle, avec ses pistaches grillées – puis les années ont passé : le sauvignon était démodé et nous, plus graves.

— Je te l'avais dit ! Théo, un homo, tu rigoles !

C'était tout à fait Alice, cette façon de dire qu'on ne lui apprenait rien, qu'elle savait depuis longtemps, et de le faire avec cette jeunesse butée qui résiste à tout – galères de boulot, râteaux sentimentaux.

— On passe chez le caviste prendre une Veuve, ça s'arrose !

Mon amie y allait de sa théorie : c'était l'angoisse de mort qui m'avait enfin jetée dans les bras de Théo.

— Mais fais attention à lui, le coup de la facture qui n'est pas la sienne, tu te souviens ?

Nous avons un peu trop bu ce soir-là, surtout Alice qui a fini le Noilly dans toutes les coquilles. Lucie s'est endormie comme un Bouddha entre les coussins. Tard dans la nuit je me suis sentie hélée par un Dieu sait quoi : je n'étais pas allée voir Majo, je n'avais pas passé un coup de fil alors qu'il y avait eu une nouvelle perfusion en soirée. Ma vieille était retournée à l'emplacement qu'elle occupait dans le mouvement de ma vie avant que l'accident ne la pousse au premier plan. L'eût-elle su, Majo s'en serait réjouie pour moi. Combien de fois m'avait-elle dit qu'elle serait plus tranquille de me savoir avec quelqu'un ? « Amoureuse, au moins », c'était son expression.

Majo a écrit quelques mots sur l'éphéméride : « veste laine marine à ancres », « sportswear lavande ».

Par quel mystère des synapses a-t-elle pu écrire « sportswear » sans faute ? Ce seul mot de « sportswear », je ne l'aurais pas imaginé dans sa bouche, ni d'ailleurs dans celle de grand monde aujourd'hui.

— Ce sera commode à enfiler avec les manches raglan, ajoute-t-elle.

— Bonne idée, dis-je, au premier soleil il est question de vous sortir sur la terrasse.

La terrasse ? Elle s'en fiche de la terrasse ! C'est pour Blonville.

Blonville ?

Le modèle classique mi-saison bleu marine.

— Ils le suivent chaque année, renchérit Majo, agacée par ma stupeur.

Oui, Blonville, parfaitement, pourquoi ?

Pourquoi n'irait-elle pas faire un saut à Blonville avec Juliette au printemps ?

Je bredouille :

— Faire un saut ?

Elle attend un devis de Roxane pour un week-end accompagné, hôtel compris, prise en charge porte à porte.

— Tu sais qu'avec son frère ils montent une boîte, ça me plaît d'encourager des jeunes.

La longueur de sa dernière phrase a suffi à lui descendre le bassin au bord du fauteuil mais rien ne la démonte : l'hôtel est accessible aux handicapés. Majo prononce ce mot « handicapés » comme un terme bénin sans le moindre impact sur sa décision. Car sa décision est prise. Depuis longtemps, avant la chute et l'hôpital, venue d'une force de vie que l'infirmité n'a pas abolie.

— Emma et toi, on vous embarque, vous aurez vos chambres aux frais de la princesse. Pourquoi tu fais cette tête ? Tu dis qu'il faut me stimuler : Blonville, ça me stimule.

J'explique. Parce qu'il faut que j'explique. La fatigue, le traitement en cours, les complications et les risques, ce monde à soulever, maintenant, pour l'emmener quelque part. D'ailleurs la gériatre ne donnera pas son accord.

— Je me passe de son avis, à cette vieille peau. On demandera au docteur Courant d'air, je suis bien copine avec elle.

— Non, avec ta pathologie on doit consulter la gériatre. Sinon en cas de problème on ne te gardera pas ta place ici.

Le coup a porté, je saute sur le tube de pommade goménolée. Majo m'arrête le poignet comme j'avance le pois de mixture vers sa narine.

— Pas de ça, Lisette.

Regard vif.

« Pas de ça, Lisette » était, quand j'étais gamine, la phrase qui me stoppait en plein vol dans l'élan d'une bêtise.

— Je veux aller à Blonville parce que c'est joli, j'ai bien le droit. Et puis on va tourner cette foutue clé que Juliette a autour du cou.

Je reste pantoise, la phalange coiffée de Goménol. Qu'est-ce qu'elle en a à faire, de cette histoire de clé ? Peu de chance, entre nous, que la porte soit encore là. Mme Trichard n'est jamais retournée à son domaine machinchose, pourquoi irait-elle à 86 ans ?

— Parce que 86 ans, justement.

— Et toi ? En quoi ça va changer ta vie ?

— C'est une belle histoire, j'ai toujours aimé les belles histoires.

J'écrase la pommade dans un mouchoir en papier et je sors. Je laisse un court message à Roxane, où je la vouvoie malgré moi, la priant de ne pas s'occuper de cette affaire. J'arrache Christiane à ses dominos avec Mme Tardy :

— Vous êtes au courant ?

Mes lèvres tremblent. Christiane sort son Vittel-menthe :

— Un court trajet, pourquoi pas ? Nos anciens n'ont envie de rien, et là, toutes les deux, les voilà en boucle. Avec Richard nous emmenons au Center Parc de Sologne des résidents plus mal en point. Le bilan s'améliore, la gériatre n'y verra pas d'inconvénient.

Comment ça, elle n'y verra pas d'inconvénient ? Christiane reprend : au pire il y a des hôpitaux dans le Calvados, elle n'a pas demandé l'Amazonie. C'est vrai, me dis-je, elle aurait pu demander l'Amazonie. Mais sa place ici, si elle a un pépin, on en fait quoi ? La Direction n'a pas d'avis à donner ? Christiane écarquille ses bons yeux et me sort une de ses gaufrettes à la framboise qui s'effrite sur mon menton.

— Vous savez, reprend-elle, ce qu'elle veut c'est voir la mer, elle s'en fiche de sa copine. Je lui ai dit : « Madame B., dites-moi le vrai du vrai de cette histoire de Blonville. » Elle veut voir la mer.

Voir la mer ?

Majo veut voir la mer.

Il ne pouvait rien arriver de pire, un désir que je comprends et que je refuse, que je lui refuse. Mais pourquoi je refuse ?

C'est la première question de Théo quand je l'appelle de l'espace Réminiscence.

— En plus, me dit-il, tu sens comme il fait doux depuis hier, un avant-goût de printemps ?

Je hurle :

— Tu ne vas pas t'y mettre ?

Sur le seuil le Corse s'est arrêté pour m'écouter. Il a plongé depuis Noël. Ses paupières de tortue bordées de rouge, les bras raides, les épaules voûtées. J'ai vu l'infirmière près de son lit. L'aide-soignante exécute le plus gros tandis qu'elle s'assoit, avec sa mallette, sur la chaise en fer-blanc qui la suit partout. Ce n'est pas bon signe, la chaise en fer-blanc devant les chambres.

Théo m'a achevée d'une phrase : « Revoir la mer, Chloé, revoir la mer… »

Blonville, nous y allions souvent quand j'étais petite. Quand on louait pour les vacances la maison de pêcheur à Honfleur. Majo a beaucoup aimé toute la côte, elle y a vécu d'heureux moments bien avant ma naissance. Est-ce que ce n'est pas la nostalgie qui l'inspire, plutôt que l'histoire fleur bleue de Juliette ? Au fond, je ne sais pas ce que j'en pense. D'un côté elle ne voit pas son état, d'un autre c'est bien qu'elle ait envie de quelque chose. Et Roxane ? Comment comprendre qu'elle prépare le devis malgré mon refus ? Elle m'a expliqué que ça n'engageait à rien, qu'elle le préparait par respect : « On a beau être vieux, on est une personne. » D'accord, mais je fais quoi maintenant ?

Je saute sur tout ce que j'ai sous la main pour dormir. La valériane, la camomille, vous reprendrez bien un peu de mélisse, sans oublier les poignets frottés à l'huile de bigarade. Alice est pourvoyeuse de gélules et essences en tout genre. Bientôt je me sens lourde, marécageuse, et c'est une image de mer qui me revient encore, comme si Blonville glissait dans les interstices du sommeil.

Je me revois sur la plage, j'ai 8 ans, j'attends que Majo sorte de l'eau, je mâche un pain au chocolat, mes yeux ne quittent pas ma grand-mère qui est tout ce qui me reste au monde. Majo est bonne nageuse, elle va loin, chaque fois je la gronde et je la boude quand elle revient avec ce corps glacial et ruisselant, ce visage ravi qui s'amuse de ma peur. Elle va loin et j'ai du mal à suivre le bonnet de bain pourtant jaune vif qui monte et descend, et qu'avale par instants la crête de l'écume. Je la vois, je ne la vois plus, je la vois, je ne la vois plus. Et juste avant de m'endormir, je me dis que c'est un peu la même chose maintenant. Majo va loin, dans un endroit où je ne peux pas la suivre, parfois elle émerge, parfois elle se dérobe.

Mme Chopinot est morte.

Nina l'a trouvée en prenant son service. Habillée, installée devant sa télé, morte. Par la fenêtre j'ai vu Chopinot sortir du taxi. Je suis allée vers lui. La gériatre finissait de rédiger le certificat de décès. Celle qu'elle appelait « la défunte » était couchée sous sa couverture blanche remontée jusqu'au menton. Sur la porte de la chambre j'ai relu ce nom, « Odette Chopinot », qui avait désigné une petite fille et déclaré sa venue au monde.

« Observez la gorge, m'avait dit Le Long au téléphone. Si c'est gonflé, c'est qu'il y a eu fausse route, ils ne veulent pas le dire, ces salauds-là ! »

Je n'ai pas dérangé la couverture. Je n'ai rien vérifié.

À l'enterrement, nous sommes quelques-uns des Œillets. Je reconnais la responsable « Contact Familles » qui avait tenté de sauver Angélique de ma colère, le même foulard, le badge doré.

Le cercueil descendu, les gars des pompes funèbres s'apprêtent à retirer les sangles. Derrière eux, la rumeur des voitures sur le périphérique. Tout s'immobilise. À cet instant, une minuscule grenouille vert pomme se met à sauter au fond du caveau.

— Vous la voyez ? fait Emma, le doigt pointé.

Les bras se lâchent, les têtes s'avancent, le personnel s'accroupit :

— Merde, une grenouille !

Les gars essaient de la sortir avec une pelle mais la malheureuse rebondit sur le bois du cercueil.

— Ne l'affolez pas, vous allez l'écraser !

Et là, je ne sais pas ce qui me prend : je saute. Comme si j'avais toujours fait ça, sauter dans une fosse au cimetière. Du premier coup les pieds où il faut, les mains sur la grenouille, et hop ! Rendue à la liberté, la bête ne demande pas son reste.

La bouche tremblante, Chopinot dira : « C'était un clin d'œil de ma femme. Elle adorait les grenouilles. » Il ira acheter à Drouot une grosse grenouille en barbotine qu'il tiendra contre son ventre dans du papier bulle pendant le retour en métro. Il la posera sur la commode du salon.

À la fin de la cérémonie Chopinot a dit un poème de Prévert qu'il récitait pour Odette. Il s'y est repris à plusieurs fois, mais sa dernière phrase est sortie toute seule :

« … Et la Misère,
dans sa voiture vide
traînée par trois enfants trop blonds
traverse les décombres
et s'en va vers la mer. »

La semaine suivante Chopinot reprenait ses séances au micro.

Du Maupassant. Au son de sa voix les têtes se sont redressées peu à peu, comme des fleurs dont on aurait changé l'eau. La magie gagnait par cercles les rangées plus lointaines et, qui sait, jusqu'à ma copine d'aquarium, Betta, dans l'angle de l'ascenseur.

Ni le chagrin ni la fatigue ne détourneraient Chopinot de ses mercredis de lecture – mais on lui a fait comprendre que ce n'était pas la place d'un veuf de résidente. Chopinot était désormais un ancien client dont la présence n'avait plus raison d'être. En fin de séance la psychologue lui a offert des calissons en remerciement. Il n'a pas emporté la boîte, ni lu la carte.

La fois suivante, Laplage en personne l'attendait :

— Ne nous obligez pas à vous interdire l'entrée.

— Vous ne m'interdirez rien, je fais mon travail. Je ne vois pas ce que la mort provisoire de ma femme vient faire dans l'histoire.

Laplage manqua de s'étrangler : dans l'intérêt du service, pour des questions de contrat, de statut… et il était en deuil :

— Vous imaginez comment vous êtes perçu par nos résidents ?

— Ce n'est pas moi qu'on perçoit, c'est Maupassant. À mercredi.

Le lendemain Laplage demanda à me voir. Un café m'attendait sur un guéridon.

— Vous ne m'en voudrez pas d'en venir droit au but ? fit-elle.

M. Chopinot m'appréciait, elle espérait que je le convaincrais de renoncer à ses mercredis.

— Dommage, oui, fit Laplage, mais j'ai la tutelle sur le dos.

Elle devait suivre un cahier des charges relatif aux intervenants, même à titre gracieux, sans oublier les clauses d'assurance.

— Nous sommes sur le même paquebot mais je suis le capitaine, et un capitaine qui rend des comptes à l'armateur, si vous voyez ce que je veux dire.

Longue phrase d'un trait, bonne capacité d'apnée, ai-je pensé, surtout qu'elle enchaînait déjà. Les gens ne soupçonnaient pas la difficulté de sa mission : quand un consortium d'une vingtaine d'établissements distribue 80 millions de dividendes à ses actionnaires, il a toujours un sous-fifre à sa botte pour éplucher vos bons de commande et pinailler sur la charte des bénévoles.

— Et puis ce pauvre M. Chopinot m'inquiète. Il parle de mort « provisoire » de sa femme, vous voyez le déni ?

Pouvait-elle voir que ce n'était plus le même Chopinot ? Que l'effarante libération du veuvage lui donnait une force nouvelle ? À quoi bon lui rappeler qu'à sa façon il avait vécu entre ces murs lui aussi et qu'il s'était dévoué à tous ? Je me lançai :

— Vous êtes sûre qu'on ne peut pas faire mieux ? Votre génération, et la mienne aussi, elles supporteront que rien ne bouge ? Est-ce qu'on soigne aujourd'hui les malades avec des clystères et les fous à la douche froide ? Est-ce que vous voyez encore des bagnes où on casse les dents des gueulards à coups de clé ? Pourquoi priver les vieux du progrès, vous avez une raison ? Une seule raison que vous puissiez me sortir en pensant qu'on vous l'appliquera à vous-même ?

Laplage m'avait écoutée pétrifiée, mais comme je me levais, elle me coinça devant la porte :

— Les coupes et les médailles que vous voyez là, dans la vitrine, ce sont les trophées de maman. Une des plus grandes nageuses de son temps. Surtout le 100 mètres nage libre, record battu en 1951. À l'époque, en 1 minute 7 secondes 3 dixièmes, vous vous rendez compte ?

Je ne me rendais pas compte, mais j'avais devant moi un visage inconnu.

— Maman a 88 ans, elle n'a plus sa tête. Je l'ai confiée à mon collègue des Séquoias à Neuilly, un type formidable. Vous croyez que si j'avais une meilleure solution pour maman, je la laisserais là-bas ? Vous voyez que ce n'est pas simple !

Je suis sortie engluée dans l'épaisseur de la vie.

La nuit qui suit, je rêve d'une piscine que je ne connais pas. D'un plongeon comme je n'en ai jamais fait. Je rajuste l'élastique de mon maillot, je prends la position, les orteils sur l'angle carrelé des départs. Le signal, le saut, la claque fraîche, les coups de hache des bras en crawl, la bouche de poisson sur le côté. Avec à chaque respiration, le monde qui resurgit, vociférant, derrière la paroi plastique de mon bonnet. Plus vite, plus vite. Je me réveille haletante, je cherche au bord du lit les lignes des flotteurs colorés.

Le 100 mètres nage libre de maman Laplage, bien sûr.

J'ai voulu savoir si Majo avait compris pour la mort de Mme Chopinot. Elles avaient sympathisé du temps des goûters d'Emma. Un signe de tête, puis elle a réclamé sa pommade goménolée. C'est tout. Les vieux n'ont pas de force pour la vieillesse des autres. J'ai cru bon d'ajouter :

— Tu vois qu'il faut faire attention.

— Je ferai attention à Blonville.

J'allais partir, je me suis rassise. Comment ai-je pu croire qu'effacer Blonville de la conversation m'en débarrasserait ? Derrière le mur, les éclats de voix de Lunettes-rouges. Majo prit la télécommande :

— Je tire !

Quand la rafale ramena le silence, elle éteignit le téléviseur :

— Passons aux choses sérieuses.

Je commençai aussitôt à m'arc-bouter : pour la mer, je ne céderais pas, elle ne se mettrait pas en danger. Non, c'était pour l'avenue Parmentier, elle avait réfléchi. « L'appartement », ajouta-t-elle devant mes yeux éberlués. À peine si j'avais entamé le tri des affaires et je n'avais contacté aucune agence.

— On ne vend plus. Vous vous installez avec la petite, vous aurez plus de place tous les trois. On laisse les charges sortir de mon compte, si, j'y tiens, et tu mets des sous de côté pour le Chili. Tu peux attendre que je meure, mais vu le temps que je prends, tu vas en rater, des météorites.

Je m'étonnais de cette élocution ferme qu'elle avait soudain, comme si des dents avaient repoussé dans son sourire.

— Demande à ton grand flandrin de passer un bon coup de pinceau. Tu verras que ça va lui donner envie de reprendre un travail à la hauteur de ses diplômes.

— Je ne vois pas le rapport.

— Sollicite ton cerveau elliptique, ma chérie.

— Qu'est-ce qu'ils t'ont collé dans la perfusion ?

— Va l'appeler, je te dis, mais avant, redresse-moi la carcasse.

Tandis que je la soulevais, elle m'asséna le coup de grâce contre l'oreille :

— Il pourrait repeindre quand on sera à Blonville par exemple ?

Je la reposai d'un geste sec. Elle haussa le ton :

— Ma cocotte, j'ai pris mes dispositions et Roxane est une fille épatante. Avec ou sans toi je veux aller à la mer, moi, et j'irai à la mer !

Puis elle s'abandonna les yeux fermés sur l'appuie-tête.

Le destin était de son côté : il a fallu qu'en partant je croise Chopinot sortant de son après-midi Maupassant. Il m'a raconté ce qui s'était produit deux jours après l'enterrement.

Comme il achetait un parfum à sa nièce, la cliente précédente avait demandé qu'on la parfumât à l'Heure bleue. Le parfum d'Odette.

— Eh bien, vous le croyez ? Je n'ai rien ressenti. Absolument rien, vous le croyez ?

Ses yeux se sont emplis de larmes :

— Emmenez-les à Blonville, Chloé, emmenez-les.

Le matin du départ, quand les portes du Master ont claqué, j'ai compris que l'erreur serait sans retour. Quand j'ai vu Majo à l'arrière, son corps de brindille entre les accoudoirs. Quand Roxane a lancé :

— En route pour la mer !

Avant de décoller je me suis dit que quelqu'un ou quelque chose allait nous retenir. Je l'ai presque souhaité. Richard donnait un coup de main pour charger les sacs, le matériel, un appareil à oxygène « au cas où ». Emma tenait sa mère par le bras, s'excusant encore de ne pas se joindre à nous. Les gens nous contournaient. Des mères avec leur bébé dans les bras, des jeunes en direction du stade. Nos deux vieilles enfin installées se regardaient sans un mot. Quand Roxane a tourné la clé de contact Emma tenait la portière ouverte, le sourire tremblant :

— Un coup de bol qu'il fasse beau !

Au dernier moment elle a cogné à la vitre :

— Vous pouvez me joindre à n'importe quelle heure !

Puis elle est devenue minuscule dans le rétroviseur et les mains des adieux se sont dissoutes dans l'air de la rue.

C'est un tout petit mot qui m'avait fait lâcher. Quand Majo disait : « Je veux voir la mer », le plus étonnant, ce n'était ni « Blonville » ni « la mer ». C'était ce « je ». Il était beau, ce « je ». Rare. Ses jours étaient comptés.

Le grand âge arrive sur le bout d'une artère, vous pile un neurone, vous jette au sol, vous coupe les jambes, vous endort la main, vous vole la bouche et le ventre. Il vous balance parfois dans une maison qui n'est pas la vôtre. Des étrangers décident de votre faim, de votre sommeil. Des gens vous infligent soins et distractions. Et parmi ces gens, il y a votre enfant. Votre propre enfant qui vous entoure si bien dans la disparition de votre première personne. Après tout, Majo allait mieux. La perfusion un soir sur trois faisait effet. Mon « je » à moi, je l'ai mis de côté. J'ai dit oui au départ.

Nous roulons. Sur le périphérique chaque ralentissement me souffle qu'il est encore temps de faire demi-tour, puis la peur desserre son étreinte. Majo a fermé les yeux, Juliette tourne sa clé entre ses doigts. Pas le droit d'allumer la radio ni de bavarder, Roxane tapotant l'autocollant sur le tableau de bord : « Merci de ne pas déranger le conducteur ». Tout ce que je peux faire, c'est me répéter les noms des patelins, les marques de stations-service, descendre et remonter le pare-soleil. Tripoter le nounours accroché à mon sac à dos, le gri-gri de Théo piqué la veille.

Théo, j'avais voulu qu'il vienne. La défection d'Emma lui libérait la place, Alice prendrait Lucie chez elle.

— Certainement pas. C'est avec toi seule que Majo veut vivre ce voyage. Je monterai garder Lucie et Carotte, point barre.

Point barre de rien du tout, points de suspension, oui, où une belle série de catastrophes pouvait s'écrire.

— Non, tout ira bien, ça va passer vite : à peine parties, sitôt rentrées.

Il était catégorique, je le serais à mon tour : puisqu'il me fallait tout entière à l'escapade, pas de téléphone, pas de texto, ni lui ni moi. Quelle idiote. Maintenant je supplie en moi-même : Théo, s'il te plaît, appelle, tu n'es pas obligé de faire ce que je te demande, au moins envoie-moi un truc, n'importe quoi qui me rattache à nous.

Le ruban de l'autoroute éprouve les vieux dos et les cous éreintés. Clignotant à droite, aire de repos.

— J'ai pris un fauteuil roulant aussi pour Mme Trichard, me dit Roxane, tu sors les deux ?

Elle manœuvre la porte du Master, j'ouvre de mon mieux les fauteuils, j'attends qu'elle déplie ces dames avec des délicatesses de joueuse de mikado.

— Un tour de pelouse et on repart !

L'air autour de nous semble menaçant, zébré du fracas des voitures, mais nos deux vieilles sourient à leur coin d'herbe. Ce sont des boutons-d'or ? Non, des pissenlits, ah bah en salade avec des lardons, vous m'en direz des nouvelles, ou des croûtons à l'ail, oui, ah bah comme on veut, mais jeunes, sinon ça devient dur. Roxane écrase sa cigarette :

— Blonville nous attend !

Oui, mais qu'est-ce qui nous attend à Blonville ?

Emma m'avait donné le premier fil à retordre. Sur « le principe » – un mot qu'elle aimait – elle était d'accord : Blonville n'était pas loin et sa mère se portait comme un charme.

— Si vous bordez l'affaire avec Roxane, vous avez mon feu vert.

Je m'étonnais que ce choix de Blonville ne l'ait pas intriguée mais en général on ignore les jeunes années de nos parents.

— Vous ne m'en voudrez pas, avait-elle dit en dégainant son cappuccino, mais j'en ai parlé à Le Long et tout ça ne lui plaît pas beaucoup. Je crois qu'il est un peu jaloux : lui aussi a une maman.

Le Long me donna rendez-vous à la cafétéria l'après-midi même. Il ne me laissa pas une respiration où me glisser.

— Chloé, ouvrez les yeux : des vieilles qui ne supportent pas qu'on les change d'arbre, les emmener à la mer ? Elles sont fragiles, vous trimballez de la nitroglycérine ! S'il arrive quoi que ce soit, vous en aurez toute la responsabilité.

Il avait élevé la voix. On nous regardait comme on regarde aux Œillets, à l'affût d'un éclat qui fasse entrer un peu de vie. Quant à Roxane et Richard, Le Long en avait appris de belles à leur sujet :

— Ces gens-là n'ont aucun scrupule : ils se servent en matériel à l'intendance et le revendent sur eBay. Ça ne vous gêne pas de leur servir de cobayes pour monter leur boîte ?

Il était loin, le temps des acacias. Le Long poursuivait son inventaire des tragédies potentielles, je découvrais le fils épuisé qu'il était devenu en quelques semaines. Il voulait démissionner du conseil de la Vie sociale et fuyait nos conversations. Cette écume au coin des lèvres signait sa prise d'anxiolytiques. Il ne tenait que par la colère :

— Essayez de voir la réalité en face, ma petite.

Je me suis retrouvée seule devant nos gobelets vides. La réalité en face, c'étaient les ronds de chocolat séché sur la table et ce visiteur un peu perdu qui demandait s'il fallait un jeton spécial pour les consommations.

J'envoyai un SMS à Roxane : « Confirmation départ vendredi 19 mars. »

Avec copie pour Théo, qui m'a aussitôt répondu, avec ce pas de côté qui remet tout au milieu : « En grec ton prénom veut dire jeune pousse. C'est bien d'être un printemps pour quelqu'un. »

Les jours suivants le sommeil n'a plus voulu de moi – un poing de pierre sur la poitrine. Je vérifiais l'heure sur mon portable, il était trop tôt pour attaquer au piolet la face nord de la journée. Chaque fois, sur l'écran d'accueil, je voyais cette photo de Majo prise tout récemment. Un après-midi de soleil on avait approché son fauteuil près de la fenêtre ouverte. Les forsythias éclataient dans les bacs de la terrasse. Les filles lançaient des miettes aux oiseaux. Majo avait levé le visage et souri au bleu du ciel.

Roxane a programmé un « temps-repas » sur une aire vers Beuzeville, en retrait du flot des voitures. Des moulinés gardés au chaud dans une boîte isotherme. Elle installe nos vieilles à l'abri, enveloppées de couvertures, pour les réconforter d'un « bon petit plat » avant l'arrivée. Le printemps commence, magnifique malgré les détritus roulant sur la pelouse. Je m'éloigne, mon portable en main : il me faut la voix de Théo et des nouvelles de Lucie.

Les bouleaux déplient leurs feuilles. Les oiseaux l'emportent sur la rumeur des camions. Au-delà du grillage et des prés, une ferme pimpante, un moutonnement de nuages déjà poussés par la mer. J'ai reconnu le pont franchissant la Risle après Pont-Audemer : ma frontière autrefois, quand nous allions en Normandie en voiture. Le pays s'ouvre là, avec les collines, le bocage, un paysage qui me ramène aussi aux années légères de ma première bagnole et des week-ends entre amis. Majo et moi y sommes revenues ensemble, mais quand, la dernière fois ?

Roxane m'appelle : on ne s'arrêtera pas à la mer avant le domaine Terrasson. Juliette tâtonne sur les éléments immédiats de sa vie, mais ne démord pas de cette indication :

— Première côte en laissant Deauville après un virage en épingle : on ne peut pas manquer la maison.

Sauf que Google Earth n'est pas d'accord. J'ai mené l'enquête avant de partir : en zoomant sur la départementale je n'ai pas repéré la moindre ébauche de virage serré. La mer non plus ne s'embarrasse pas de courbes : une longue plage rectiligne. Sur l'annuaire électronique, aucune trace d'un Terrasson à Blonville, pas l'ombre d'un successeur – mais qui demeure en place aujourd'hui ? Quelle chance, plus d'un demi-siècle après, de localiser un descendant ?

Survol satellitaire : la vie en maquette avec les tuyaux d'arrosage, les balançoires et le bleu lagon des piscines. Ce fameux étang dont parlait Juliette, où était-il ? J'ai scruté les lieux, glissant de la mollette entre les haies et les manoirs pour écrémer les pelouses – en vain : pas une mare, pas une flaque. En revanche, envahissant l'écran à mesure que je reculais, la mer. La mer d'un bleu numérique intense, sa vague unique assombrie à l'estuaire de la Touques. La Touques que Majo et moi traversions par le bac qui coûtait 50 centimes, quand nous allions de Trouville à Deauville. J'ai cliqué sur l'icône du piéton fictif pour atterrir sur la grève que nous arpentions d'un même pas. J'ai deviné les bois flottés, les coquillages et ces rubans phosphorescents des laitues de mer dont je coiffais, enfant, les donjons de mes châteaux de sable.

Les à-coups de la départementale ébranlent les passagères. Les yeux fermés, la bouche sèche, elles luttent. Roxane ne lâche pas le GPS : ne pas rater l'église Saint-Christophe, souffle-t-elle. Nous roulons sans un œil pour la mer qui surgit entre les constructions riveraines. Majo ne tourne plus la tête, Juliette ne dit pas un mot. Les brèches d'horizon ne sont pas pour elles.

— Nous y sommes, fait Roxane en se garant sur l'esplanade.

Moteur coupé, tout se suspend sauf ma peur agitant à nouveau son grelot. Un verre d'eau à chacune, et on sort.

— Où sont mes pieds ? dit Majo, à peine posée dans son fauteuil.

— Ah bah au bout de tes jambes, répond Juliette, qui tient à rester sur les siennes.

Elle se redresse du mieux qu'elle peut, éblouie par la lumière et le trouble. Puis nous traversons la rue. Un quartier résidentiel, peu fréquenté, astiqué sous le soleil. Un coucou chante. Une odeur de gazon coupé.

— C'est bien là, dit Juliette en saisissant mon bras.

Nous marchons vers sa jeunesse.

Du domaine Terrasson il ne reste rien. Un ensemble à colombages flambant neuf. De larges panneaux promettent à la vente des appartements « cosy » avec « vue imprenable ». Personne ne passe derrière les baies vitrées où sécheront, l'été, les serviettes bariolées. Le parking est vide. Une pelouse crépite de fleurettes jusqu'à un maigre plan d'eau sous un saule pleureur.

— Ah bah, fait Juliette.

Roxane et moi n'avions pas prévu une si violente transformation des choses. La demeure d'autrefois avalée par les promoteurs. Aucun mot ne nous vient, Majo aussi se tait.

— Ah bah il n'y a plus de cygnes, mais regardez ces pâquerettes pompon ! Vous voyez comme c'est joli, les pâquerettes pompon ?

L'étang dont on ne sait s'il a été réduit par des pelleteuses ou agrandi par la mémoire. L'herbe rutilante, l'eau sombre sous le balancement du saule. Nous gardons le silence jusqu'au moment où Juliette esquisse un demi-tour.

— Pas trop déçue ? dit Roxane.

Nous démarrons doucement.

— De toute façon, sourit Majo, tu as toujours la clé.

Juliette ferme les yeux.

Roxane préfère laisser la plage pour demain. Le transport, les émotions, trop de fatigue.

— On va vous montrer vos chambres, mesdames, et quand vous serez reposées vous profiterez du jardin.

Aucune des deux ne proteste. Elles n'ont pas lâché un mot depuis que nous avons quitté le défunt domaine Terrasson. Roxane conduit avec une extrême lenteur, amortissant les nids-de-poule et les dos-d'âne. Je la sens tendue :

— Tu as vu ce vieux film, *Le Salaire de la peur* ?

Plus tard, quand nous partagerons une cigarette dans le jardin, Roxane m'avouera combien lui a paru long ce trajet jusqu'à l'hôtel. Le seul moment de la journée où elle a redouté un problème. Elle voyait dans son rétroviseur le visage gris de Juliette, les yeux froncés de Majo. Moi aussi j'ai pensé que nous avions fait une erreur : il n'existe pas de retrouvailles. Comment désormais Juliette rêverait-elle sa jeunesse ? Qu'auraient-elles à imaginer, toutes les deux, pendant leurs goûters ? Roxane dira, pensive :

— On aurait peut-être mieux fait de s'abstenir.

Hors saison à l'hôtel. Les pavillons de plain-pied sont en sommeil. Roxane fait le tour des chambres : on va « allonger ces dames ».

Mme Trichard, rouge brique, répète qu'elle s'appelle Juliette Trichard, née Sifflet.

— Je vais commencer par elle, dit Roxane. Elle a fait.

— Qu'est-ce qu'elle a fait ?

— Elle a fait sur elle. C'est passé par-dessus bord. Tu ne sens pas ? Le stress du voyage. Le choc de tout à l'heure.

Majo fait semblant de dormir dans son fauteuil. La fausse sieste pour se soustraire, une combine des vieilles dames. Leurs paupières tremblent comme celles des gosses qui font le mort. Je me récite mon mantra : si ça va mal, on file au CHU de Caen. Je cherche ce fichu tube de pommade goménolée.

Roxane a tout prévu, l'eau gélifiée, les barquettes du dîner et le coussin à noyaux de cerises dont elle est fière :

— Un coup de micro-ondes et on vous chauffe le cou : ça soulage bien de la voiture.

— Pitié, soupire Majo, pas vos noyaux qui puent !

— Vous ne voulez pas essayer ? Juliette adore.

— Juliette adore tout. Tant qu'à faire d'être dans la cerise, trouvez-nous un guignolet pour fêter ça.

J'explique à Roxane : le guignolet est un apéritif ancien, une sorte de vin cuit aux cerises que nous prenions le dimanche. Curieusement Majo n'en a jamais réclamé aux Œillets.

— À tout hasard je vais voir à la réception, dit Roxane, mais l'alcool, on y va mollo, d'accord ?

Je m'assois contre ma vieille indigne et lui prends les mains : elle a envie d'arroser notre week-end à la mer ? Majo rouvre les yeux, étincelante d'amusement :

— Oui, et Juliette va enfin arrêter de nous emmerder avec son Terrasson.

Nos vieilles consignées à la chambre, j'ai rejoint Roxane dehors. Elle avait tiré deux chaises dans une fin de soleil.

— Figure-toi que Richard a dû embarquer Mme Rybakov.

« Embarquer », leur mot pour le transfert à l'hôpital.

— Une fausse route à cause d'une madeleine. Rien de grave, elle est déjà rentrée : Nina a repéré le problème, la formidable Nina, l'indispensable Nina !

Roxane ricanait. Je savais pourquoi : pas touche à Mme Rybakov, sa protégée personnelle.

— Oui, je l'aime bien. Je me donne du mal, tu sais, pour la synchroniser. Et comme par hasard, elle rechute le week-end où je ne suis pas là.

Roxane parlait, les yeux accrochés au jaune vif du forsythia dans le soleil couchant.

— C'est vrai que tu ne connais pas l'histoire. Je te la raconte ?

Roxane laissa la phrase en suspens, je l'encourageai d'un coup de menton. Elle alluma une cigarette.

— Dans le quartier on a une chatte, Rackham, qui n'a peur de rien et se faufile partout. Je la trouve un matin en train de faire sa toilette sur le lit de Mme Rybakov en adoration. Heureusement que c'était moi, sinon on la chassait : les microbes, les allergies, les griffes et tout le tintouin. On dirait que la chatte connaît le règlement : sitôt les stores relevés elle débarque et demi-tour avant l'arrivée du personnel. Mme Rybakov, qui oublie tout, n'oublie jamais d'ouvrir la fenêtre. Le problème, c'est que les maîtres emmènent leur chatte quand ils partent en vacances. Mme Rybakov perd sa copine et se remet à débloquer, le refrain habituel : « Emmenez-moi, ne me laissez pas dans ce trou ! » Le problème, c'est qu'au retour la chatte s'est déréglée : elle vient trop tard ou trop tôt. Si on la repère, adieu Rackham. Alors j'ai trouvé un truc. Je fais cuire un carré de colin surgelé, je l'emporte aux Œillets, la fenêtre ouverte je tape sur le Tupperware et elle rapplique. Au bout de deux jours, les horaires rétablis, ça roule. C'est ça, la synchro !

— Si on te voit, tu n'as pas peur de te faire virer ?

— C'est plutôt que ça ne pourra pas durer : si on perd Rackham, on perd Mme Rybakov. Quinze ans pour un chat, combien tu penses que ça fait, en âge humain ?

— Quatre-vingts piges en gros, je dirais.

À mon tour j'ai pris une cigarette en jetant un œil aux fenêtres, ayant convenu avec Majo qu'en cas de besoin elle allumerait le plafonnier. Roxane hochait la tête d'un air mauvais :

— N'empêche que Nina n'est pas la sainte que vous croyez. Tu sais, quand Majo est tombée, on t'a dit que c'était Nina ? Ce n'était pas Nina. Ne compte pas sur moi pour te dire qui c'était, je ne suis pas une balance, mais ce n'était pas Nina.

Tout était venu d'un triste épisode avec Mazzini. « Les gens de couleur », il n'en voulait pas. À 11 ans il avait perdu son père envoyé sur le front éthiopien par Mussolini, ça lui donnait des droits. Que Nina soit antillaise n'avait pas d'importance : elle faisait partie du lot. Il appelait Nina « mon petit moka », jusqu'au jour où ça a mal tourné, méchant scandale, tout le monde chez Laplage, Mazzini exigeant le renvoi de Nina, et elle, prête à démissionner.

Roxane s'était levée, arpentant l'allée devant moi. Ses grands gestes s'allongeaient dans des ombres couchées.

— Et voilà que The Bitch nous sort un retard de paiement de la famille Mazzini : « C'est comme ça que vous me remerciez de ma patience ? » Au bluff, bien sûr, mais Mazzini s'est écrasé. Tu as vu comment il paie sa dette, avec ses cafés et ses yeux de communiant ? Seulement Nina voulait quitter la boîte, une perle pareille, corvéable à merci et appréciée de tous. Comment faire ?

Roxane me regardait comme si j'allais répondre. Elle écrasa sa cigarette d'un coup de talon. Il commençait à faire frais et elle venait de remarquer comme moi la lumière à l'étage.

— Eh bien on l'a augmentée, tu le crois ? Richard l'a su par un copain qui siège à la commission paritaire. Le bon vieux coup de la carotte et du bâton.

— Je ne vois pas le bâton, fis-je comme nous remontions l'allée.

— Nina accepte souvent de porter le chapeau à la place d'une autre : les familles l'adorent, tout passe crème. Joli, non ?

Il nous restait à traverser la soirée et cette première journée serait derrière nous. Il me semblait être partie il y a longtemps, et loin. Seule la voix de Théo me ramènerait à ma propre vie.

Nos deux voyageuses reposées, nous les avons assises devant le feu de cheminée. Autour de nous une bibliothèque aux tapis épais, avec, en vrac sur les étagères, des livres abandonnés par la clientèle : une maison de vacances endormie.

— Ah bah un grog sans rhum, tu parles, gronde Juliette.

— Un porto, je n'aurais pas dit non, ajoute Majo.

— Matinée à la plage demain, mesdames, il faut être en forme !

À peine Roxane avait-elle fini sa phrase qu'un chat sortit de l'ombre. Il bondit sur les genoux de Majo et s'y installa. Une jeune chatte fine et blanche aux yeux bleus, aux oreilles bordées d'une frange de thé fumé. De tout son corps montait un ronronnement presque motorisé.

— Eh bien, Mimine ? dit Majo, ravie.

Saisissant son bras invalide, elle le descendit en corbeille contre ladite Mimine. Pour la première fois elle avait pris son bras et l'avait déplacé elle-même.

Roxane alluma une télévision muette que personne ne regardait. Je laissais mes yeux courir sur les livres, sur les branches en ombres chinoises contre la fenêtre. Juliette et Majo bavardaient, à leur manière, avec des mailles molles qu'occupait le crépitement de la flambée. Ici elles n'étaient plus des résidentes, mais les passagères de la côte normande. Elles avaient essuyé en une journée plus de paysages et de lumières qu'elles n'en rêvaient. Épuisées, mais rendues à la vie vraie.

Nous avions bien fait. L'important reste le désir. Même faible et tremblant, un désir.

Nous avons veillé : dans quel état seraient nos pauvres vieilles au matin ? Quand Majo réclama Océane pour son coucher, Roxane l'attribua à la désorientation – mais si le cerveau lâchait ? Si la récidive se pointait dans la pénombre ? Et Juliette, qui ne retrouvait plus le nom « Blonville » ? On avait ri, le pire. Je gagnai ma chambre tard et sans sommeil. Si elles s'endormaient en oubliant où était leur lit, je devais, moi, m'assoupir en paix dans le mien ? Je me remis à craindre un drame à l'œuvre derrière les murs – jusqu'au moment où l'évidence me sauta aux yeux. De nous quatre ce soir, j'étais la seule à avoir peur de la mort.

Majo n'abordait pas souvent la question. Moins qu'autrefois, quand elle en parlait comme d'un pays lointain où elle ne mettrait jamais les pieds. Sujet banni à la perte de sa fille : il s'agissait de semer la mort en m'aidant à vivre. Je repensai à ces années-là. Avec celle que je n'appelait pas ma grand-mère mais qui l'était bel et bien, j'avais dû prendre en compte des données dont aucun des camarades de mon âge ne se préoccupait. Des références qui relevaient pour eux des cours d'histoire, des vieilles chansons, des films en noir et blanc. Majo avait eu 20 ans en pleine guerre mondiale, son père était revenu éprouvé des tranchées trois ans avant sa naissance ; son mari, envoyé au STO, avait de justesse réchappé au typhus.

Elle s'estimait privilégiée d'avoir pu vieillir quand tant de gens n'ont pas cette chance : on ne l'entendait pas gémir. La mort ne vaut pas qu'on en parle : « *Glissez mortels, n'appuyez pas.* »

Quand je descendis le lendemain matin, ces dames avaient déjeuné et m'attendaient au salon. Majo était belle, le bleu lui allait bien. Il y eut une tendre buée entre nous, comme souvent quand je réapparaissais dans son champ de vision.

— Alors, dit-elle, tu m'emmènes voir la mer ?

Mon thé d'abord, et bien noir. Je remarquai des kiwis dans une assiette, que Roxane avait pris soin d'apporter.

— Mme Majo en raffole, tu sais ?

« Mme Majo » ? Ça vient de sortir, pensai-je. En plongeant ma cuillère dans la chair du fruit, je revis mon grand-père. Il prêtait au kiwi du matin des facultés miraculeuses. Avec quelle concentration raclait-il l'écorce au plus près, tendant les lèvres pour ne rien gâcher du jus. Me revinrent sa bouche vorace, le visage agacé de Majo, le léger dégoût que j'éprouvais moi-même. Qu'un détail ancien sans importance nous cloue quand tant de visages capitaux se diluent, c'est l'effet du temps dès qu'il nous prend de court.

Roxane vint me chercher, les clés du Master à la main, désignant Majo d'un coup de menton :

— Elle ne tient plus en place, si j'ose dire !

Juliette se tenait à côté du fauteuil dans un garde-à-vous approximatif, le chapeau cloche de Majo entre les doigts.

— On y va, oui ou merde ? gronda mon ancêtre.

La plage à marée basse. L'étendue infinie du sable. Peu de nuages sur un fond de ciel d'un bleu neuf, un vent tiède. Au loin, la mer. Une bande mouvante que les yeux ne quittent plus.

Il est tôt. Le soleil rebondit sur les silhouettes colorées des joggeurs. Des chiens en goguette courent en mâchant l'air frais. Quatre femmes se sont avancées sur les planches devant les cabines de bain. Côte à côte, silencieuses, le regard au large. Même celle qui est assise et ne se lève jamais.

Elle est dans un fauteuil roulant, sous des couvertures que maintiennent des pinces à cheveux multicolores. Sa vieille voisine tangue sur sa canne. Un corps si léger que le vent suffit à le bouger. À son cou un foulard fin promène selon le vent ses deux bouts d'un rose de fleur.

De part et d'autre, nous, les deux jeunes femmes. Sans nous ce rang n'existerait pas. S'abandonner à la bonté de l'air, oublier.

Puis les chevaux ont jailli au bord de la vague.

Trois chevaux bruns comme des frères qui dansent leur faim de course et de vitesse. Une de leurs premières sorties à la fin de l'hiver, folie du vent et du sang chaud, tout ce qui palpite sous le soleil contre l'écume, qu'on a lâché d'un coup. Un galop puissant, cavaliers couchés sur l'encolure, grondement des sabots sur le sable dur. La plage bientôt biffée par leur tonnerre sauvage, puis trois points perdus au loin.

Les chevaux sont passés, ils ont tout emporté avec eux. Le souci, la faiblesse, le temps. La vieillesse s'est soulevée. Elles ont cessé de penser à ce qui arriverait, à ce qui n'arriverait plus. Dressées dans la marée haute des choses sans âge. Souveraines.

On ne quittait pas la plage. Majo buvait la mer. Je me tenais derrière son fauteuil, appuyée sur les poignées. Les épis de ses cheveux dansaient dans le vent, montrant par endroits la peau de nouveau-né de son vieux crâne. Roxane avait conduit Juliette vers le banc voisin. Le soleil était doux mais un vent taquin affolait les cerfs-volants.

— Il ne faudrait pas tarder, fit Roxane, le ciel change.

— Ah bah non, on ne voit pas Le Havre, c'est bon signe.

Juliette avait parlé d'une voix forte que je ne lui connaissais pas.

— Tu n'as pas froid ? soufflai-je à Majo sans qu'elle m'entende.

Le sable fin poudrait les planches. Je ne me lassais pas de l'observer butant contre les roues, festonnant de grains les chromes et le dessin des pneus, avant de reprendre son chemin invisible. Caresse des choses et de l'air.

— Mesdames, on va y aller, fit Roxane.

— Non, dit Majo, on attend que les chevaux repassent.

Elle ne doutait pas de leur retour.

Un chagrin l'écrasa, court et violent, quand le Master, prenant la direction de l'autoroute, tourna le dos à la côte. C'était fini. Jamais d'autre mer dans la vie de Majo.

Aux Œillets, Emma nous accueillit tout sourire :

— Alors, les survivantes ? lança-t-elle en ouvrant la portière.

Majo ne décrocha plus un mot. Christiane craignait un « lancer de dentier » : l'expression la faisait sourire. Pas moi.

Le surlendemain de notre retour, je suis venue plus tard que d'habitude, trempée par une averse. Majo était allongée dans la pénombre, les yeux fermés. Elle était fatiguée, on lui prévoirait un plateau. Entra l'infirmière avec sa mallette et sa chaise en fer-blanc. La perfusion posée, elle vérifia qu'aucun pli de drap ne gênait, que l'oreiller était à la bonne hauteur et la sonnette à sa place, puis elle s'envola.

Dès qu'elle fut sortie Majo ronchonna les yeux clos :

— Je n'en veux plus de ce truc, enlève-moi ça, j'en ai marre.

Malgré les soins, elle me paraissait couchée n'importe comment, plus cabossée qu'avant, comme si tout son corps gardait l'empreinte du fauteuil.

— Retire-moi ce machin, je te dis.

Que faire d'autre que chantonner « non, non, non » en lui prenant la main ? La pluie cognait à nouveau sur le store. Je tentai la plaisanterie :

— Tu en as trop fait avec Jean-Louis, avoue.

Pas de réponse.

Je savais ce qu'elle se disait. Elle se disait qu'elle ne reverrait plus la mer, que la mer c'était fini – et je n'avais aucun mot à ajouter. Son visage s'est détendu, sa main abandonnée dans la mienne, peut-être allait-elle s'endormir, il n'y avait rien de meilleur à souhaiter.

La pluie se calma aussi brusquement qu'elle était venue. La nuit approchait, la nuit précoce des vieux dans les maisons.

— Ça va mieux, fit Majo, rentre chez toi, ma chérie.

La semaine suivante Laplage demanda à me voir, et cette fois sans guéridon ni café.

— Non, ce n'est pas que Mme B. aille mal, même si toute cette fatigue l'a figée au bas de la courbe. Quant à Mme Trichard, sa fille est perplexe. D'ailleurs je n'entends plus parler de leurs goûters entre copines ?

Laplage avait souligné le mot « goûter » d'un geste rond, comme si elle posait des soucoupes sur son sous-main. Bien sûr, elle n'avait rien contre notre « expédition », surtout avec Roxane, une fille sérieuse, très ceci très cela – trop d'éloges qui préparaient à coup sûr des questions déplacées, mais lesquelles ? Elle faisait tinter ses ongles sur son portable. Dans les vitrines s'oxydaient les coupes qu'avait brandies sa défunte mère sur les podiums de natation. Elle se décida :

— J'ai pensé que ce serait intéressant de débriefer cette expérience avec vous pour vous apporter mon éclairage de professionnelle.

Elle était ravie que tout se soit bien passé, mais il ne fallait plus encourager ce genre d'initiative incompatible avec les projets de vie de l'établissement. Aux mots « projets de vie », je me hérissai. Laplage reprit sa voix de miel :

— Nous, nous sommes là au quotidien, Chloé. Ce sont nos papis et nos mamies, on les surveille comme le lait sur le feu. Nous savons ce qu'il faut éviter.

La colère me leva :

— Je vais vous dire une chose : je rêve d'un monde où des boîtes comme la vôtre n'existeraient pas.

— Ah, c'est très aimable. Et sans nous, vous faites comment ?

— Je voudrais des maisons de quartier. Les vieux sortiraient dans des rues qu'ils connaissent, ils garderaient leurs fréquentations et leurs commerçants, ils verraient des gens de tous les âges, pas seulement des filles sous-payées pour s'occuper d'eux.

— Bon courage pour le recrutement, dites-moi !

— Les professionnels seraient reconnus et des jeunes volontaires feraient un service intergénérationnel de quelques mois pour aider au maintien à domicile. Zéro exil des vieux. On aurait tous moins peur.

— Et vous financez ça comment ?

— Des pourcentages. Des mini-pourcentages partout, sur les transferts des clubs de foot, les tarifs de portables et d'écrans plats, les jeux de hasard. Sur l'alcool et les cigarettes. Sur l'immobilier, les dividendes, sur tout ce que vous voulez. Sur tout ce que les vieux ont rendu possible quand ils avaient votre âge.

Un bel après-midi presque chaud. Théo m'accompagne. Nous nous tenons la main. Ça va jaser aux Œillets : les occasions y sont rares d'observer le bonheur. Pâques, tout le personnel doit se transformer en œuf. Nous nous amusons comme des gosses à imaginer ce petit monde un ruban de satin violet autour du visage, un large nœud sur la tête.

Sauf qu'il y a devant les Œillets le camion rouge des pompiers. Mme Rybakov est morte.

L'événement plane dans le silence, les couloirs sont déserts, la télé du salon ronronne seule, Christiane est introuvable, Roxane a disparu. Je repense à l'histoire de Rackham, qui attendra demain devant la fenêtre fermée. Je revois les yeux bleu de Prusse qui espéraient leur libération.

— Il y a un truc qui ne va pas dans la télécommande, dit Majo à peine entrons-nous dans sa chambre.

Mme Rybakov, elle ne voit pas qui c'est, non. J'insiste : la gentille dame qui disait qu'on l'enfermait.

Théo lui prend la main :

— Vous vous souvenez de votre balade à la mer au moins ?

J'ai eu peur que Majo se vexe, mais non, elle sourit et s'élance : les chevaux, c'est ce qu'elle a préféré. Les chevaux sur la plage. Le feu de cheminée aussi, c'était bien, avec la Mimine sur elle, mais les chevaux, surtout, et la mer bien sûr. Elle y repense le soir. Mais pas trop, parce qu'après ça ne va plus.

Pour couper court elle veut allumer le téléviseur, appuie, appuie à nouveau, fichue télécommande. Théo essaie à son tour, ça marche. Un faux contact quelque part.

— C'est moi, fait-elle. C'est moi, je suis le faux contact.

Bonté du printemps. Majo va mieux. Le contrecoup est derrière nous. Le monstre sans visage nous a enfin quittés, celui qu'on croit parti quand il rôde encore. Bientôt l'été se prépare dans la joie des feuilles, les corps légers, les longs après-midi.

Premières chaleurs de juin. Je rejoins souvent Majo sur la terrasse : aération obligatoire sous les parasols entre Mme Tardy qui rouspète, Océane qui bronze et Juliette qui s'appelle Juliette Trichard, née Sifflet. Chaque soir il paraît qu'il fera beau demain. Que demain soit la douce modulation d'aujourd'hui, on se contentera de cette merveille.

Tout à l'heure Lucie rentrera ivre de jeux sous les marronniers. Théo repeint l'appartement avenue Parmentier d'un beau blanc talqué, que je retrouve accroché à ses cheveux et sur sa clarinette. Nous emménagerons au retour des vacances.

J'ai montré à Majo l'échantillon de ce blanc pour la nouvelle maison. Elle veut tout savoir :

— On disait blanc cassé autrefois, comment vous dites maintenant ?

Je consulte l'étiquette : « Blanc d'orage ». Un joli nom, « blanc d'orage ». Elle se réjouit des travaux dans l'appartement comme s'ils pouvaient repeindre sa vie présente.

Aujourd'hui, avec cette chaleur, Majo n'a pas voulu que Nina l'emmène avec les autres sur la terrasse. Elle aime rester dans sa chambre. L'air qui passe par l'espagnolette suffit. Elle a demandé à Magali qu'elle descende un peu le store :

— J'ai toujours eu les yeux sensibles.

Qu'elle ferme la porte à cause du courant d'air.

Et elle est morte.

Nous sommes arrivés aussitôt. Elle était sur le lit, longue et lisse comme un fleuve. On avait tout à fait tiré le store mais le soleil était assez fort pour marqueter les murs à travers les trous du métal. Je me suis assise sur la chaise de fer-blanc. J'ai pris les mains de ma vieille encore chaudes dans les miennes. J'ai pensé : quelque chose d'autre peut commencer entre nous.

Je n'ai pas pleuré tout de suite.

Composition et mise en pages
Nord Compo à Villeneuve-d'Ascq

#lisez! engagé
Pour plus d'information :
www.lisez.com
Imprimé sur du papier issu de forêts gérées durablement.

CET OUVRAGE
A ÉTÉ ACHEVÉ D'IMPRIMER
SUR ROTO-PAGE
PAR L'IMPRIMERIE FLOCH
À MAYENNE EN FÉVRIER 2024

N° d'impression : 104212
Imprimé en France